Doktorfick

Natalie Frank

JUICY BOOKS

Postfach 11 68
D-64684 Lautertal
www.juicybooks-verlag.de

ISBN: 978-3-942363-00-6

„Aaahhh!“

Der Aufschrei erschreckte Nicolette derart, dass sie kurz das Steuer verriss. Der Wagen machte einen grotesken Schlenker, zwei Räder gerieten auf den sandigen Randsteifen, aber bevor er ausbrechen konnte, brachte Nicolette ihn wieder unter Kontrolle und zurück auf die Fahrbahn.

„Spinnst du total?“, schrie sie ihre Freundin an.

„Tut mir leid.“ Betreten sah Carole auf ihre ineinander verknoteten Finger. „Aber die Landschaft ist so wunderschön.“

„Tut mir leid, tut mir leid“, äffte Nicolette sie nach, „deswegen musst du mich aber nicht zu Tode erschrecken.“

Doch dann tätschelte sie Caroles Oberschenkel. Sie war ein Sensibelchen. Gerade in der letzten Zeit war sie besonders dünnhäutig und fing wegen jeder Kleinigkeit an zu weinen. Eine tief deprimierte Carole, die auf dem Rest der Fahrt nur noch vor sich hin schniefen würde, war schwerer zu ertragen als eine Stunde Zahnbehandlung ohne Betäubung.

„Was war denn nun wirklich los?“, wollte Nicolette wissen, um Carole von ihren trüben Gedanken abzulenken.

Carole hörte auf zu schmollen und deutete begeistert aus dem Fenster. „Schau doch nur mal die schöne Landschaft!“ Sie beugte sich vor, um durch die Windschutzscheibe zu schauen. „Sieh doch nur, Lavendelfelder!“

„Kann sein.“ Nicolette sah kurz zur Seite. Tatsächlich, Lavendelfelder. Carole hatte recht, die Landschaft war wunderschön. „He, schau mal da vorne, das könnte das Schloss sein.“

Carole beugte sich so weit vor, dass ihre Nase fast die Windschutzscheibe berührte. Sanftgeschwungene Hügel und hohe Berge mit dunkelgrünen Baumgruppen bewachsen, erhoben sich aus den Wiesen.

Auf einer lang gezogenen Hügelkette am Horizont konnte man die Silhouette eines altertümlichen Gebäudes erkennen, das sich beim Näherkommen als Schloss entpuppte. Die gelbe Fassade leuchtete im Licht der Sommersonne.

„Och, das wäre aber schön.“ Caroles Blick wurde sehnsüchtig. „Da würde ich mich wohlfühlen.“

Nicolette musste unwillkürlich seufzen. Ein Aufenthalt in einem solch feudalen Schloss kostete mit Sicherheit ein Vermögen. Wie wohl die Klinik dagegen aussehen mochte? Gerard stellte sich solche Fragen nicht, und es war ihm auch ziemlich gleichgültig, wie und wo seine Frau untergebracht war. Er wollte nur eins, so wenig wie möglich ausgeben und dafür eine dauergeile Ehefrau zurückbekommen, der er es dreimal am Tag besorgen konnte.

Die passive, schüchterne Carole hätte sich für ihn auch fünfmal täglich auf den Rücken gelegt. Leider hatte sie ihm jedoch erzählt, naiv, wie sie war, dass sie die Fliegen an der Decke des Schlafzimmers zählte, während er sie vögelte. Das hatte Gerards Selbstwertgefühl so verletzt, dass er keinen mehr hochbekam. Deshalb musste Carole eine Therapie machen, und wenn sie mit ärztlich garantierter Orgasmusfähigkeit zurückkehrte, würde auch Gerard seine alte Manneskraft zurückkriegen, auf die er einst so stolz war.

Mit welchem Recht, war Nicolette heute noch unverständlich. Der Fick mit Gerard, den sie sich vor einem Jahr einmal aus Neugierde gegönnt hatte, war der mieseste, den sie jemals erlebt hatte und – bei Aphrodite – sie hatte etliche erlebt. Aber Gerard hatte den Vogel abgeschossen. Nach der Nacht mit ihm hatte sie nie wieder den Wunsch verspürt, seinem Schwanz noch einmal ihre feuchte Pussy zu öffnen.

Carole hingegen liebte ihn, küsste den Boden, auf dem er ging, und fand alles, was er sagte oder tat, toll. Und natürlich war sie felsenfest davon überzeugt, dass es an ihr lag, dass sie nie zum Orgasmus kam, und hatte fürchterliche Schuldgefühle, weil sie ihren Göttergatten quasi entmannt hatte.

Deshalb war sie sofort damit einverstanden gewesen, als er ihr vorschlug, in die Klinik für libido- und orgasmusgestörte Frauen zu gehen. Vor lauter Eifer, ihm zu gefallen, hatte sie sogar vergessen, sich über die Art der Therapie, die Klinik oder andere wichtige Einzelheiten zu informieren.

Es war Nicolette gewesen, die per Internet Erkundigungen eingezogen hatte. Allerdings gab die Klinik äußerst wenig preis und es gab auch kaum Erfahrungsberichte ehemaliger

Patientinnen. Deshalb hatte sie sich entschlossen, die Freundin zu begleiten, um ihr notfalls helfen zu können, falls sich diese ominöse Klinik als Räuberhöhle entpuppen sollte.

Als Gast war es ihr freigestellt, an den Therapiestunden teilzunehmen. Auf die Frage, welcher Art diese Therapiestunden seien, hatte sie trotz hartnäckiger Nachfrage keine definitive Antwort erhalten, was sie noch misstrauischer gemacht hatte.

Das Hinweisschild auf die Ausfahrt tauchte auf. Nicolette verringerte das Tempo und verließ die Autobahn. Danach ging es erst durch eine Bilderbuchkleinstadt, dann musste sie ein paar Kilometer einer Landstraße folgen, um schließlich in einen geteerten Feldweg einzubiegen, der sich durch Wiesen und Lavendelfelder bergan schlängelte.

Die Strecke wurde immer kurviger und steiler. Dann kam ein kleines Waldstück und noch mal eine Abzweigung, die so steil bergauf führte, dass Nicolette in den zweiten Gang zurückschalten musste.

Plötzlich wich der Wald und sie sahen vor sich die Fassade der Schlossburg leuchten. Es war eine herrliche Anlage mit zwei hohen Türmen und großen Bogenfenstern, in denen sich die Abendsonne spiegelte.

Eine hohe Mauer und ein großes, schmiedeeisernes Tor wehrten Eindringlinge ab. Als Nicolette darauf zufuhr, öffneten sich die Flügel wie von Geisterhand, sodass Nicolette ungehindert auf den gekiesten Schlosshof fahren konnte.

Noch bevor sie den Zündschlüssel umgedreht hatte, traten zwei Diener in perfekt sitzenden, dunklen Anzügen aus dem imposanten Portal, eilten die breite Treppe hinunter und rissen die Autotüren auf.

„Wahnsinn!“, entfuhr es Carole.

Nicolette beäugte die Männer misstrauisch, konnte allerdings nichts Verdächtiges an ihnen feststellen. Im Gegenteil, die beiden waren richtige Schnuckelchen. Groß, mit breiten Schultern, schmalen Hüften und langen Beinen. Genau der Typ Mann, den Nicolette bevorzugte.

In der Halle wurden sie von einer jungen Frau in Schwesterntracht erwartet, die sie die Treppe hinauf zu ihren Zimmern führte. Angesichts des großen, luxuriös ausgestatteten Raumes blieb Nicolette buchstäblich die Luft weg.

„Wahnsinn!“, rief auch Carole aus, die das Zimmer neben Nicolettes bewohnte. Die beiden Räume waren durch eine Tür verbunden, die weit offen stand. „Das ist ja paradiesisch.“

„Unsere Patientinnen sollen sich bei uns wohlfühlen“, sagte die Schwester. „Sie werden sich jetzt sicher erst mal von der Fahrt ausruhen und etwas frisch machen wollen. In einer halben Stunde hole ich Sie dann zum Erstgespräch bei docteur Jules Benoit ab.“

„Danke“, hörte Nicolette Carole sagen, gleich darauf erschien die Krankenschwester auch in ihrem Zimmer.

„Wenn Sie möchten, würde ich Ihnen gern rasch die wichtigsten Einrichtungen in unserem Haus zeigen.“

Eigentlich hatte Nicolette vorgehabt, ihren Koffer auszupacken, aber sie war viel zu neugierig auf das Haus, um warten zu wollen.

„Ich bin übrigens Schwester Agnes“, stellte sich die junge Frau vor, während sie Nicolette einen Flur entlang führte, von dem rechts und links mehrere Türen abgingen. „Sie können sich mit allen Fragen gern an mich wenden.“

„Danke, sehr nett von Ihnen.“ Während sie an den Türen vorbeiliefen, betrachtete Nicolette ihre Begleiterin unauffällig. Sie war höchstens fünfundzwanzig und super gebaut. Ihre Brüste drohten fast, den Kittel zu sprengen, ihre langen schlanken Beine wurden von hohen Riemchensandaletten betont, die ihre kleinen Füße zierten.

„Wir befinden uns im Wohntrakt“, fuhr Schwester Agnes fort. „Hinter den Türen befinden sich die Schlafzimmer unserer Patientinnen.“

Sie erreichten die Treppe, stiegen ins Erdgeschoss hinunter und betraten die Halle.

„Das ist unser Speisesaal.“ Agnes stieß eine Tür auf und gab Nicolette den Blick in einen großen, geschmackvoll eingerichteten Raum frei, der eher dem Speiseraum eines eleganten Restaurants glich, als dem Essraum einer Klinik. „Und hier …“ Agnes wandte sich um und ging auf eine Tür auf der gegenüberliegenden Seite zu, „ist unsere Bibliothek mit dem Wintergarten.“

Nicolette nickte bewundernd angesichts des saalartigen Raumes mit Fenstertüren und deckenhohen Regalen. In der Mitte standen wie Inseln bequeme Sessel, zu denen jeweils ein Tischchen und eine Stehlampe gehörten. Bei näherem Hinsehen erkannte Nicolette, dass es sich bei den Büchern ausschließlich um erotische Literatur handelte.

Der Wintergarten war ebenfalls pompös ausgestattet mit tropischen Pflanzen und Rattanmöbeln. Ein Springbrunnen plätscherte in einer Ecke, er bestand aus einem muschelförmigen Becken, aus dessen Mitte sich ein eng umschlungenes Pärchen erhob.

Viel Zeit zum Umschauen blieb Nicolette nicht, denn Agnes schickte sich bereits an, die Räume zu verlassen. Sie stiegen eine Treppe hinunter. Gleich darauf fand Nicolette sich in einem luxuriösen Badebereich wieder, der alles bot, was man sich wünschen konnte: ein riesiges Schwimmbecken, drei Whirlpools, Saunen, Massageräume und äußerst bequem aussehende Liegen.

Die südliche Wand bestand aus einer riesigen Fensterfront, die man bei schönem Wetter im Boden versenken konnte, um auf die große Liegewiese zu gelangen, auf der ebenfalls Liegen standen.

Während des Rundganges erfuhr Nicolette, dass die gesamte Tiefetage und das Parterre als Gemeinschaftsräume genutzt wurden. Im linken Trakt befanden sich auf drei Stockwerke verteilt die Patientenzimmer, im rechten die Praxis- und Therapieräume und in den beiden Türmen befanden sich die Wohnungen der Ärzte und Therapeuten.

Es gab auch noch einen riesigen, wunderschön angelegten Park mit lauschigen Laubengängen, intimen Sitzplätzen, einem weiteren Pool und weinumrankten Teehäuschen, aber den mochte Nicolette sich jetzt nicht anschauen.

„Ich muss jetzt Madame Delors abholen", entschuldigte sich Schwester Agnes, als sie wieder in der ersten Etage angekommen waren. „Aber wenn Sie möchten, können Sie gern einen Blick in unsere Therapieräume werfen. Im Übrigen können Sie auch gern an unseren Therapie- und Übungsstunden teilnehmen. Es steht Ihnen frei, zu tun und zu lassen, wozu Sie Lust haben. Wir sind ein sehr freies, offenes Haus."

Damit ging Agnes davon und überließ Nicolette sich selbst.

*

Dr. Jules Benoit betrachtete seine neue Patientin aufmerksam. Sie war genau der Typ Frau, bei dem Männer sofort an Sex denken: langes blondes Haar, mittelgroß, zart gebaut mit kleinen festen Brüsten, die sie unter einer dünnen Bluse versteckte, schlanken Beinen und einem süßen Kleinmädchengesicht, das von unschuldigen blauen Augen beherrscht wurde.

Ihr herzförmiger Mund war momentan vor Anstrengung zusammengepresst, sodass die sonst vollen Lippen einen fast geraden Strich bildeten. Sie war nervös bis in die Fingerspitzen, das konnte man ihr ansehen. Während sie vor seinem Schreibtisch Platz nahm, schlug er die Patientenkarte auf und tat, als lese er darin, um ihr Zeit zu geben, sich zu sammeln und etwas zu entspannen.

Mit diesem Job hatte er als Psychologe seine Berufung gefunden, weil dieser seinem regen Sexleben entsprach. Schon lange hatte er auf eine feste Beziehung verzichtet, um auch privat ganz in seinem Beruf aufgehen zu können, ohne lästige Eifersuchtsszenen riskieren zu müssen. Die Klinik gab ihm freie Hand, billigte seine Methoden, da sie eine hohe Erfolgsquote mit sich brachten. Man hatte ihm sogar ein Apartment in diesem Haus untervermietet, sodass er seinem ständigen Bereitschaftsdienst besser nachgehen konnte.

Die junge Frau war von ihrem Mann angemeldet worden. Jules schätzte, dass er zu den Typen gehörte, die gerne das

Sagen haben, denen aber das Charisma und die emotionale Kraft fehlten, um wirklich der Boss sein zu können. Ein kleiner Angestellter vielleicht, der im Büro kuscht und zu Hause den Herrscher spielt.

Carole hingegen war auf den ersten Blick die perfekte Hausfrau und brave Gattin. Aber das war nur eine Fassade, die sie sich wahrscheinlich aufgrund ihrer Erziehung aufgebaut hatte. Jules war gespannt, welche Frau während der Therapie dahinter erscheinen würde. Bisher hatten fast alle Patientinnen zum Schluss ihr altes Ich abgestreift und seine Klinik als völlig andere Persönlichkeiten verlassen.

Es wurde Zeit, die junge Dame ein bisschen aufzutauen. Er begann mit dem üblichen Arzt-Patientengespräch, bis er merkte, dass Carole sich entspannte. Nun konnte er mit der ersten Stufe seiner Untersuchungen beginnen.

„Wie häufig haben Sie und Ihr Mann in der Woche Geschlechtsverkehr?“

Carole errötete bis in die Haarspitzen. „Früher haben wir es jeden Tag getan“, flüsterte sie.

Das konnte Jules sich gut vorstellen. Immerhin war Carole ein süßes Pralinchen, dessen Anblick in seiner Hose erste Aktivitäten auslöste.

„Und heute?“, hakte er nach, als Carole nicht weitersprach.

„Heute gar nicht mehr.“ Ihre Stimme war so leise, dass Jules sie kaum verstand. „Wir …“ Carole räusperte sich. „Wir … mein Mann …“ Hilflos brach sie ab.

„Lehnen Sie den Akt ab?“, forschte Jules.

Carole schüttelte den Kopf. „Nein, mein Mann.“ Sie holte tief Luft. „Seit er weiß, dass ich nichts empfinde, will er nicht mehr mit mir schlafen.“

„Bekommen Sie keinen Orgasmus oder werden Sie erst gar nicht erregt?“

Die Röte auf Caroles Wangen begann zu glühen. „Beides.“

Jules machte sich ein paar Notizen, dann erhob er sich und deutete auf eine Tür. „Ich möchte Sie gern untersuchen. Wenn Sie sich bitte in der Kabine entkleiden möchten? Ich hole Sie gleich ab.“

Mit gesenktem Kopf huschte Carole in die Kabine. Jules nahm wieder hinter seinem Schreibtisch Platz und streichelte seinen Schwanz, der sich fordernd gegen seine Hose drängte.

Gleich mein Junge, gleich bekommst du deinen Spaß. Die Kleine ist ein geiles Luder, dem wir jetzt ganz gemütlich beibringen werden, was ihr Spaß macht.

Er schob seinen Schwanz zurecht, damit er sich unter dem langen Leinenkittel nicht zu deutlich abzeichnete, dann eilte Jules ins Untersuchungszimmer und rief Carole zu sich.

Sie war nackt, wie er es angeordnet hatte. Ihr Körper war schmal, mit hoch sitzenden kleinen Brüsten, deren Warzenhöfe dunkelrot leuchteten. Das blonde Vlies im Dreieck zwischen ihren Schenkeln war zurechtgestutzt, sodass Jules ihre Spalte erkennen konnte.

Er trat zu Carole und betrachtete sie ausgiebig.

Ich liebe meinen Beruf!

Dann tastete er fachmännisch und unpersönlich ihre Brüste ab. Carole reagierte wie beim Arzt – nahm seine Berührungen gelassen hin. Noch wollte er sich auch nicht erregen, noch war er der distanzierte „Herr Doktor".

Danach bat er sie, auf dem gynäkologischen Stuhl Platz zu nehmen. Mit geschmeidigen Bewegungen kletterte sie auf den Sitz und legte die Beine rechts und links auf die Stützen. Jetzt hatte Jules einen freien Blick auf ihre klaffende Pussy mit zarten äußeren Schamlippen.

Ihre Möse sah ganz bezaubernd aus. Klein, ganz nackt wie bei einem pubertierenden Mädchen, die Klit noch versteckt zwischen den beiden Lippen. Jules schob sie auseinander und entdeckte die rosige Muschel mit den winzigen Blättern und der winzigen Klitoris, die aussah, als wollte sie sich in ihrer Besitzerin verkriechen.

„Ich mache jetzt ein paar Tests", erklärte Jules. „Wundern Sie sich nicht, sie sind nötig, um herauszufinden, wie weit Ihre Frigidität vorangeschritten ist."

Carole nickte stumm, die Augen fest zusammengepresst, aber als Jules nun seine Zunge über ihre Klit gleiten ließ, spannte sie sich an, riss sie die Augen auf und stieß einen kleinen überraschten Schrei aus.

„Es ist alles in Ordnung", versprach Jules. „Das gehört zum Test."

Carole legte ihren Kopf zurück und ihre Muskeln relaxten wieder. Jules ließ seine Zungenspitze über ihren Schlitz streichen, dann begann er, die Perle leicht zu reizen.

Der Test zeigte sofort eine deutliche Reaktion bei Carole. Ihr Kitzler wurde hart und wuchs zu einem festen Gipfel heran, an dem Jules nun zart saugte. Als er spürte, dass Carole sich in ihre Gefühle fallen ließ, teilte er ihre inneren Lippen mit der Zunge und stieß tief hinein in ihren heißen Tunnel.

Warme, süße Flüssigkeit quoll ihm entgegen. Genüsslich schlürfte er den Nektar, während Carole sich auf dem Stuhl hin und her zu winden begann. Jules leckte wie ein Hund und saugte, bis ihr Stöhnen ihm verriet, dass sie sich nun ganz ihrer Geilheit hingab.

Er konnte es nun selbst kaum noch aushalten, sein Schwanz pochte erwartungsvoll. Er griff in seine Hose, holte seinen Schwanz heraus, der sich zuckend in seiner Hand steil aufrichtete. Carols Augen weiteten sich, was seinem Ego gut tat. Er hatte zwar keinen Riesigen, aber sein Schwanz konnte sich durchaus sehen lassen. Jules strich mit der Spitze über Caroles Klit, worauf seine Gespielin vor Entzücken aufstöhnte. Das Geräusch brachte das Blut in seinen Ohren zum Rauschen, machte ihn extrem an.

Ja, stöhn für mich, meine Kleine.

Als sie sich aufbäumte, ließ Jules den Stuhl per Knopfdruck in eine bequemere Position fahren, sodass er seinen Harten tief in ihre Spalte stoßen konnte. Sie nahm ihn bereitwillig auf, ihre Wände umschlossen ihn samtig und begannen, ihn regelrecht zu melken, während Jules nun seine Hände über Caroles nackten Körper wandern ließ, bis hinauf zu ihren Brüsten, deren Warzen sich aufgerichtet hatten.

Hier war er am liebsten, in den Tiefen eines weiblichen Wesens, hier wollte er für immer bleiben. Er schloss die Augen und fuhr sacht hinein und hinaus, genoss das fantastische

Gefühl, das sich in seinem Schwanz bildete. Langsam stieg es an, wurde stärker, und der Drang, fester und schneller in sie zu stoßen, wurde übermächtig.

Gierig zupfte er an ihren Nippeln, rieb sie zwischen seinen Fingern, während er sie immer heftiger fickte.

Plötzlich zog sich ihre Pussy zusammen, sie kam! Sein Schwanz spürte das rhythmische Pressen, das ihn dazu brachte, die Kontrolle aufzugeben. Sein bewusstes Denken setzte aus, seine Hüften übernahmen den Rest – stießen nun unkontrolliert zuckend in sie, denn er war kurz davor ebenfalls zu kommen. Er klammerte sich an Caroles Schenkeln fest und warf den Kopf nach hinten, öffnete den Mund, um schneller atmen zu können. Die Woge baute sich auf, raste unaufhaltsam durch ihn hindurch und in einer gewaltigen Explosion schoss sein Samen heiß in Caroles Möse. Er keuchte und stöhnte, seine Hüfte zuckte, rammte alles, was er hatte, in sie hinein.

Mit den letzten harten Stößen begann auch Carole erneut zu keuchen, ihre Möse saugte die letzten Tropfen aus ihm heraus. Sie hatte einen zweiten Orgasmus, der sie am ganzen Leib zittern ließ. Zufrieden grinste er und klopfte sich innerlich auf die Schulter. *Gute Arbeit, Doc!*

Von wegen frigide und orgasmusunfähig. Unfähig war hier wohl nur der Ehemann. Diese Diagnose war nicht selten. Nun galt es, sie in den nächsten Wochen ordentlich zu therapieren, damit sie lernte, ihre Lust zu genießen und auch einzufordern.

Er richtete sich auf, zog sich wieder anständig an, und streckte Carole dann die Hand entgegen, damit sie sich hinsetzen konnte. Ihre Wangen glühten noch. Verlegen versuchte sie, Jules' Blicken auszuweichen.

„Eins kann ich Ihnen jetzt schon sagen“, begann er mit sanfter Stimme, nun wieder ganz Mediziner. „Sie sind kein hoffnungsloser Fall. Mit der richtigen Therapie werden Sie die körperliche Liebe bald so genießen können, dass Ihr Gatte keinen Grund mehr hat, sich zu beschweren.“

„Wirklich?“ Schüchtern blickte Carole ihn an, sah aber gleich wieder auf ihre nackten Oberschenkel.

„Das verspreche ich Ihnen“, sagte Jules und wandte sich zum Gehen. „Jetzt suchen Sie bitte Ihr Zimmer auf und ruhen sich eine Stunde aus. Danach soll Schwester Agnes Ihnen das Haus zeigen, damit Sie sich hier zurechtfinden.“

„Ja, Monsieur le docteur.“

Carole stand auf und eilte in die Umkleidekabine.

Süß. Mit ihr würde er ganz sicher noch ein paar geile Momente erleben.

Ein Liedchen pfeifend machte Jules sich auf den Weg zur Dusche, um für die nächste Patientin in einer Stunde wieder klinisch sauber zu sein. Heute hatte er nur drei Patientinnen, die einer solchen Behandlung bedurften, und noch zwei weitere in der Gesprächstherapie. Ein ganz normaler Arbeitstag, aber mit den Neuzugängen machte es am meisten Spaß. Das Unbekannte kribbelte immer besonders stark und seine Orgasmen mit den Neuen waren stets überirdisch geil. Er öffnete die Tür zu seinem Luxusbadezimmer und seufzte leise. *Ja, ich liebe meinen Job.*

*

Während Carole beim Doktor war, war Nicolette einen Moment unschlüssig im Flur stehen geblieben. Dann machte sie kehrt und ging zum rechten Flügel des Gebäudes, der von einer reich mit Schnitzereien verzierten Flügeltür vom Treppenhaus abgetrennt wurde. Nicolette schlüpfte hindurch und betrat staunend einen langen Gang, dessen Boden mit einem extrem dicken Teppichboden ausgelegt war. Auch hier gingen viele Türen ab, alle weiß mit Goldornamenten und in der Mitte mit wunderschön geschliffenen Spiegeln verziert. Es war seltsam still hier, nur ab und zu drang ein gedämpftes Geräusch an Nicolettes Ohren, das sich wie ein Stöhnen anhörte.

Zögernd trat sie an eine der Türen heran. Als sie dicht davor stand, erkannte sie, dass die Spiegel durchsichtig waren.

Neugierig presste sie ihre Nase an das kühle Glas und sah mit wachsender Spannung auf das, was sich im Inneren des Raumes abspielte.

In der Mitte des Zimmers stand eine Liege, auf der bäuchlings ein nackter Mann lag, dessen Hände und Füße an die Beine der Liege gekettet waren. Sein Schwanz steckte in einem Loch, sodass er unten wieder hervorschaute. Eine ebenfalls nackte Frau hockte unter der Liege und rieb den strammen Lümmel, dessen Eichel glänzte.

Eine zweite Frau lag zwischen den Beinen der ersten und leckte deren Muschi, während sie es sich zugleich selbst machte, und eine dritte hieb währenddessen immer wieder mit einer Reitgerte auf den nackten Arsch des Mannes ein, der vor Lustschmerz stöhnte und wohlig wimmerte.

Die Frau unter ihm schob seine Vorhaut weit zurück und ließ ihre Zunge über die Eichel tanzen. Der Anblick des geilen Mannes, der vor Wollust die Augen verdrehte, seines riesigen Prügels, der unter der Behandlung immer noch zu wachsen schien, machte Nicolette so heiß, dass sie am liebsten ins Zimmer gestürmt wäre und es sich von einer der Frauen hätte besorgen lassen.

Das war also die sogenannte Therapie, die man hier den Patientinnen angedeihen ließ! Na, da war Nicolette aber nur zu gerne bereit, sich auch ein paar Stunden verpassen zu lassen.

Neugierig und mit heißer Möse, ging sie zur nächsten Tür. Hier stand ein breites Bett, auf der eine üppige Blondine lag und sich von drei schmucken jungen Kerlen verwöhnen ließ. Beim Anblick ihres wollüstigen Gesichts, der Zunge, die gierig über die halb geöffneten Lippen leckte, den prachtvollen Ständern, die zwischen den Schenkeln der muskulösen Kerle aufragten, hielt Nicolette es nicht mehr aus. Sie steckte ihre Hand unter ihren Minirock, schob den String zur Seite und begann, an ihrer Klit zu reiben. Lust schoss heiß in ihre Möse.

Die Blonde auf dem Bett spreizte ebenfalls ihre drallen Schenkel, sodass Nicolette direkt auf ihre Muschi schauen konnte.

Einer der Männer schob der Blonden seinen Schwanz zwischen die Lippen und sie begann sofort daran zu saugen, während sein Kumpel eine ihrer üppigen Brüste anhob und seine Eichel an der harten Warze rieb.

Der Dritte im Bunde schob die runden Schenkel weit auseinander, senkte dann seinen Kopf dazwischen und begann, die Dralle zu lecken, bis ihr ganzer Körper vor Wonne zu wogen begann. Ihre rot geschminkten Lippen hielten den strammen Prügel ihres jungen Gespielen umfangen, tief nahm sie ihn in sich auf, saugte daran, bis der Junge ihr sein Spielzeug entriss, um ihr seinen Samen ins Gesicht zu spritzen. Gierig leckte sie danach, saugte an der Spitze und schluckte die letzten Tropfen.

Ihr zweiter Galan streichelte immer noch ihre dicken Brüste. Als sein Kumpel in ihre Muschi stieß, drückte der Kerl die Brüste zusammen, schob seinen Schwengel dazwischen und brustfickte sie, während sein Freund die dralle Stute ritt, dass sie vor Freude jubelte.

Nicolettes Finger steckten inzwischen in ihrer Möse. Als die Dralle kam, kam auch sie, aber es war nur eine schnelle kurze Erlösung, die keine wirkliche Befriedigung schenkte.

Sie brauchte dringend einen richtigen Fick. Suchend sah Nicolette sich um. In diesem Moment öffnete sich die Abschlusstür und ein junger Mann in einem weißen Leinenkittel betrat den Gang. Wohl ein Arzt.

„Kann ich Ihnen helfen?“, erkundigte er sich freundlich.

Nicolette nickte. „Können Sie mir einen Fick verschreiben?“

„Aber natürlich.“ Jules lächelte. Die Frau gefiel ihm. Sie machte kein langes Prozedere um ihre Geilheit und sagte geradeheraus, was sie sich wünschte. „Unseren Gästen und Patientinnen stehen ausreichend Assistenten und Assistentinnen zur Verfügung, mit denen sie sich jederzeit vergnügen können.“

„Und was ist mit Ihnen? Stehen Sie auch zur Verfügung?“

Jules stutzte. Direkt war sie auch noch. Dafür war er immer zu haben.

„Dann lassen Sie mal sehen.“

Ehe sie sich versah, hatte er unter ihr Röckchen gegriffen und tastete die Problemzone ab.

„Hm, nass und geschwollen. Da habe ich genau die richtige Medizin für Sie.“

Jules war augenblicklich einsatzbereit. Nicolette machte ihn an. Ihre pralle Weiblichkeit war ein aufregender Kontrast zu der kindlich unschuldigen Mädchenhaftigkeit ihrer Freundin.

Jules nahm sich vor, den beiden bei passender Gelegenheit einen flotten Dreier vorzuschlagen. Die konträren Frauentypen gleichzeitig zu ficken, musste megageil sein.

Er sah auf die Uhr. Er hatte nur eine halbe Stunde, dann musste er ins nächste Gespräch. Das würde reichen. Jetzt musste er erst mal Nicolettes Feuer löschen.

Er packte sie, legte ihre Hände an die Wand, damit sie sich abstützen konnte, zog sie an ihren Hüften so weit zurück, dass sie ihren süßen, runden Po herausrecken musste, und schob dann ihre Beine auseinander, dass er mit einem einzigen Stoß tief in sie eindringen konnte.

Ihre Muschi war eng und umschloss ihn wunderbar feucht und warm. Als Jules begann, seinen Schwanz darin vor und zurückzuschieben, schmiegten sich die Wände mit geradezu liebevoller Zärtlichkeit um ihn. Es war ein tolles Gefühl, das Jules noch steigerte, indem er nach Nicolettes strammen Brüsten griff, die sich bereitwillig in seine Hände schmiegten.

Er schob das dünne Top hoch, jetzt konnte er die prallen Melonen ungehindert betasten und drücken. Als er begann, an den steifen Warzen zu zupfen, wurde Nicolette so geil, dass sie wie ein Kätzchen maunzte und wimmerte. Ihr feuchter Mösenmund saugte immer heftiger an dem harten Schwanz und brachte Jules dazu, sich immer wilder in ihm zu bewegen.

Sie begannen beide zu keuchen und zu schwitzen. Als sie kam, wurde Nicolette so eng, dass Jules für den Bruchteil einer Sekunde fürchtete, sein Prügel könnte für immer darin gefangen bleiben. Aber dann fühlte er das heftige Saugen, die rhythmischen Kontraktionen ihres intimen Mundes und er konnte und wollte sich nicht länger zurückhalten. Wild stieß er in die heiße Muschi, bis sich in seinem Unterbauch der nächste gewaltige Orgasmus zusammenbraute. Der Kitzel wanderte in seine Eier, stieg in seinem Schwanz langsam in Richtung Eichel und schwoll dort zu einem derart wollüstigen Kribbeln an, dass Jules der Atem stockte. Zitternd vor Gier wartete er auf die Explosion, sehnte sie herbei, während ihm der Schweiß aus allen Poren brach. Nun würde er gleich noch mal duschen gehen müssen. Aber was tat man nicht alles für seine Patientinnen.

Vom Rauschen seines Blutes in seinen Ohren gedämpft hörte er Nicolettes Aufschrei. Seine gesamten Sinne waren auf seinen Schwanz gerichtet, in dem jetzt sein Orgasmus tobte. Als die Explosion kam, musste Jules sich mit den Händen an der Wand abstützen, sonst wäre er nicht auf den Füßen geblieben. Sein Körper bebte, während sein Schwanz pulsierend einen heißen Samenstrahl in Nicolettes Muschi spritzte.

Dann ebbten die Kontraktionen ab, Nicolettes Muschi wurde weich und entließ Jules' Penis, der langsam herausglitt. Keuchend zog er ihren Rücken gegen seine Brust, bis sich beide wieder beruhigt hatten und sie wieder Luft bekamen.

Sachte presste Jules seine Wange an ihre. „Das war einer der geilsten Ficks, den ich erlebt habe", flüsterte er ihr ins Ohr. „Ich bin sicher, dass wir beide noch eine Menge Spaß miteinander haben werden."

„Ich auch", raunte Nicolette und schmiegte sich noch dichter an ihn. „Machen wir es gleich noch mal."

Jules seufzte. „Leider ..." Er küsste sie aufs Ohrläppchen. „Ich habe einen Termin. Aber ich verspreche dir, dass ich es dir bald noch mal besorgen werde." Er lachte leise. „Dann lassen wir uns mehr Zeit. Wir werden gemeinsam alle Varianten der Liebe ausprobieren und ich werde dich in Gebiete führen, die du wahrscheinlich noch nie betreten hast."

„Wirklich?“ Nicolette drehte sich in seinen Armen und blickte Jules mit glänzenden Augen an. „Das wäre die Erfüllung meiner geheimsten Träume. Du ahnst gar nicht, wie lange ich mir schon einen Partner wünsche, mit dem ich bis an die Grenzen gehen kann und darüber hinaus. Der keine Tabus kennt und alles ausprobiert, was man sich nur vorstellen kann.“

„Dann hast du diesen Partner gerade gefunden“, erwiderte Jules lächelnd.

Mit einer geschmeidigen Bewegung löste sie sich aus der Umarmung und trat zurück. „Beeil dich. Ich warte auf dich.“

Eilig ordnete Jules seine Kleidung, warf Nicolette eine Kusshand zu und ging mit raschen Schritten davon, bevor er seinen Termin zugunsten dieser geilen Neuen doch noch sausen lassen würde.

*

Da es bald Abendessen geben sollte, beschloss Nicolette, ihren Rundgang abzubrechen und sich ein paar Runden im Pool zu gönnen. Carole war nicht auf ihrem Zimmer als Nicolette kam, um ihren Bikini zu holen. Sie fand sie im Schwimmbad, wo sie auf einer der Liegen hockte und vor sich hin starrte.

„Was ist los?“, erkundigte Nicolette sich besorgt. „Hast du mit Gerard telefoniert und hat er dir wieder Vorwürfe gemacht, weil er sein schönes Geld für dich ausgeben muss?“

„Nein, nein.“ Carole schüttelte den Kopf. „Ich habe noch nicht mit ihm gesprochen. Ich … kann nicht.“

„Warum?“ Nicolette wurde allmählich ungeduldig. „Nun spuck’s schon aus! Was ist los?“

„Ich bin gekommen“, hauchte Carole verschämt. Ihre Wangen glühten. „Ich bin bei einem anderen Mann gekommen.“

„Das ist doch prima!“ Nicolette klatschte in die Hände. „Wobei ist es dir denn gekommen? Hast du es dir selbst gemacht oder machen lassen?“

„Es ist während der Untersuchung auf dem Stuhl passiert. Ich konnte es nicht aufhalten. Es ist einfach passiert."

„Und hat es dir gefallen?"

Die Röte auf Caroles Wangen vertiefte sich. „Ja, sehr."

„Gut." Nicolette war zufrieden. „Dann wissen wir doch schon mal, dass es sich bei dir nicht um eine totale Blockade handelt, sondern dass Gerard der Blockierer ist."

„Ich weiß", flüsterte Carole mit tränenerstickter Stimme. „Das sagst du schon lange. Aber du bist auch viel anspruchsvoller und temperamentvoller als ich. Gerard mag es nicht, wenn die Frauen zu aktiv sind. Für mich ist er der ideale Liebhaber."

Nicolette öffnete den Mund, klappte ihn aber wieder zu und schluckte die Worte, die ihr auf der Zunge lagen. Was hatte es für einen Sinn, Carole zu erklären, dass nur ein Mann, der eine Frau beim Sex zum Jubeln bringt, der ideale Liebhaber ist? Das sollten ihr die Therapeuten und Ärzte klarmachen, dafür waren sie schließlich hier.

„Komm, lass uns eine Runde schwimmen", schlug sie stattdessen vor. „Und dann müssen wir uns fürs Abendessen umziehen. Ich habe einen Mordshunger."

„Ich nicht", murmelte Carole unglücklich. „Ach, Nicolette, ich schäme mich so entsetzlich. Ich habe das Gefühl, Gerard betrogen zu haben."

„Das hast du nicht", versuchte Nicolette, sie zu überzeugen. „Er hat dich schließlich hierher geschickt, damit du endlich einen Orgasmus kriegst. Du hast einen bekommen, also ist sein schönes Geld, an dem er so hängt, schon mal nicht umsonst ausgegeben worden."

Dieses Argument schien Carole endlich zu überzeugen, wenn auch nicht völlig, aber es schien wenigstens ihr Gewissen zu beruhigen.

„Du hast wahrscheinlich recht", meinte sie nach einem tiefen Seufzer. „Ich sollte froh sein, zu wissen, dass ich doch noch zum Orgasmus fähig bin. Jetzt muss ich nur lernen, ihn auch bei Gerard zu kriegen."

*

Die Luft schien im Zimmer zu stehen. Nicolette erhob sich aus ihrem Bett und lief nackt, wie Gott sie erschuf zum Fenster. Angenehme Kühle wehte herein, als sie die Flügel aufriss. Mit einem erleichterten Aufatmen stellte sie sich in die Zugluft und hielt ihr Gesicht dem grinsenden Mond entgegen.

„Was für ein schönes Bild."

Der unerwartete Klang der dunklen Stimme ließ sie herumfahren. Als sie schemenhaft Jules' Züge im Licht des Mondes erkannte, freute sie sich über seinen Besuch. Im nächsten Moment stand er auch schon hinter ihr, seine Finger vergruben sich in ihr Haar und zogen ihren Kopf zurück.

„Pst, sonst wacht deine Freundin auf", warnte Jules mit heiser klingender Stimme. „Und das darf nicht geschehen, hörst du?"

In Nicolette erwachte brennende Lust. Sie nickte.

„Gut so." Jules klang zufrieden. „Du wirst heute Nacht meine gehorsame Sklavin sein, die nur einen einzigen Wunsch hat: Mich glücklich zu machen."

Als Nicolette nicht sofort antwortete, riss er kurz an ihren Haaren, worauf sie umgehend ein Ja ausrief.

„Still!" Hastig verschloss er ihren Mund mit der Hand. „Ich will, dass du alles, was ich mit dir tue, ohne ein lautes Geräusch geschehen lässt."

„Okay", hauchte Nicolette diesmal. „Ich werde gehorchen."

Innerlich jubelte sie. Von solch einer Szene hatte sie immer geträumt. Jetzt endlich war der Mann in ihr Leben getreten, der ihre geheimsten Wünsche zu erraten schien.

Er deutete auf den gepolsterten Stuhl vor dem Bett. „Stütz dich dort ab und zeig mir deinen Hintern."

Einen Moment war Nicolette verwirrt, dann gehorchte sie eilig. Als sie sich über den Stuhl neigte, wuchs das Kribbeln in ihrer Möse zu einem Feuer an, das ihren gesamten Unterleib zu versengen drohte.

„Spreiz die Beine!"

Nicolette tat, was Jules ihr befahl, aber es war ihm nicht genug. Mit dem Knie zwang er sie, ihre Schenkel noch weiter zu öffnen, bis ihre Möse auseinanderklaffte. Mit der Hand fuhr er darüber, dann hielt er sie Nicolette vors Gesicht und zwang sie, jeden seiner Finger abzulecken.

Ihren eigenen Mösensaft zu schmecken war keine neue Erfahrung für sie. Trotzdem zierte sie sich, um das Spiel noch ein bisschen zu beleben. Wie erwartet, versetzte Jules ihr einen Schlag auf den nackten Hintern, worauf Nicolette begann, eilfertig seinen Befehl auszuführen.

„Sehr schön", raunte Jules. „Schmeckst du, wie süß du bist?"

Er zog seine Hand zurück, strich erneut über ihre Möse, und ließ sie danach noch einmal seine Finger ablecken.

„Sehr gut", kommentierte er Nicolettes Tun noch einmal. „Genauso will ich es haben."

Im nächsten Moment presste er seine Hand so fest auf Nicolettes Mund, dass sie kaum atmen konnte. Mit den Fingern der freien Hand stieß er tief in ihre Muschi und drehte sie hin und her, bis Nicolette vor Geilheit leise zu wimmern begann. Ein scharfer Schlag auf ihre linke Backe hätte sie beinahe laut aufschreien lassen, aber mit der rechten Hand hielt Jules ihr nach wie vor den Mund zu.

Der nächste Schlag war noch fester und hinterließ eine brennende Spur auf ihrer zarten Haut. Nicolette biss die Zähne zusammen, um nicht noch einmal zu schreien.

„Du musst lernen, dich zu beherrschen", erklärte Jules streng. „Ohne Beherrschung wirst du nie etwas in deinem Leben erreichen. Schon gar nicht die höchsten Gipfel der Lust." Er ließ sie los und trat vor sie. „Ich werde dich jetzt damit schlagen."

Entsetzt starrte Nicolette auf die Reitgerte in seiner Hand.

„Und du wirst schweigen, hörst du? Ich will keinen Laut hören."

Nicolette begann zu zittern. Wie sollte sie das aushalten? Noch dazu in dieser erniedrigenden Haltung? Aber da klatschte der erste Schlag auf ihre linke Pobacke und Nicolettes Gedanken zerstoben in alle Himmelsrichtungen.

Nur mit äußerster Anstrengung gelang es ihr, nicht aufzuschreien, denn der Schmerz war scharf und brannte höllisch. Aber zugleich weckte er ein heftiges Kribbeln ihrer Fotze.

Wieder und wieder sauste die Gerte auf ihre Arschbacke nieder. Nicolette biss die Zähne zusammen, um den Schrei zu ersticken. Diesmal ließ Jules ihr jedoch keine Zeit, sich zu erholen, sondern er ließ die Gerte wieder und wieder auf ihren Po niedersausen, bis Nicolette glaubte, ihre Haut würde in hellen Flammen stehen.

Vor Anstrengung, nicht zu schreien oder zu wimmern, traten ihr die blanken Tränen in die Augen. Ihr Körper zitterte wie Espenlaub, doch seltsamerweise erregte sie das alles so sehr, dass sie schließlich nicht mehr wusste, was schlimmer war: die Schmerzen oder die Geilheit, die in ihr tobte.

Plötzlich hörte Jules auf. Er ließ die Peitsche sinken. Sanft strichen seine Finger über die brennenden Striemen. Die Berührungen stachelten Nicolettes Wollust noch mehr an. Ihre Möse juckte und sehnte sich nach der Erlösung eines Orgasmus, aber Jules ließ sich Zeit.

Zunächst vertiefte er sich in den Anblick ihres tropfnassen Fötzchens. Als sie glaubte, es nicht mehr aushalten zu können, legte Jules seinen Zeigefinger auf ihre Öffnung und begann, sie sanft zu stimulieren.

Hatte Nicolette sich bei den Schlägen noch zurückhalten können, so verlor sie bei dieser süßen Pein jetzt vollständig die Beherrschung. Vor Lust wimmernd drängte sie sich der Hand entgegen, aber Jules drang nicht in sie ein, sondern streichelte weiter ihr Loch, fing die Feuchtigkeit auf, spreizte ihre Backen und rieb ihren Anus damit ein.

Nun reizte er abwechselnd ihre Öffnung, die inneren Lippen und die harte Klit, um dann erneut ihren Anus mit ihrem Saft zu bestreichen. Als er seinen Finger mit einem einzigen Ruck in sie hineinstieß, entfuhr Nicolette ein erschreckter Aufschrei, worauf Jules ihr wieder den Mund zu hielt.

„Noch ein solcher Schrei und ich muss dich bestrafen", warnte er, worauf Nicolette eilig die Zähne fest zusammenbiss.

Langsam bewegte er den Finger in ihr, weitete sie, bis er auch den Mittelfinger in sie schieben und vor und zurück bewegen konnte.

Plötzlich hob er sie hoch, trug sie zum Bett und warf sie auf die Matratze.

Gespannt sah Nicolette zu, wie Jules durchs Zimmer ging, eine Schublade öffnete und ihr etwas entnahm. Der Mond leuchtete nun voll ins Zimmer, in seinem Licht erschienen die Konturen der Möbel seltsam scharf und gespenstisch blass.

Langsam kehrte Jules zum Bett zurück. „Spreiz die Beine", befahl er Nicolette, die seiner Order widerspruchslos folgte.

Als er die erste weiche Fessel um ihren Knöchel legte, begann sie, vor Erwartung zu zittern. Was hatte er jetzt wieder vor?

Jules band Nicolettes Fuß an einer Bettseite fest, dann den zweiten an der anderen Seite, sodass sie nun mit weit gespreizten Schenkeln dalag. Anschließend schob er ihr ein Kissen unter den Po, damit ihr Becken angehoben wurde.

Jetzt konnte er sich ungehindert ihrer Möse bedienen. Er nahm sie sich zuerst mit der Zunge vor. Aufreizend langsam ließ er die Spitze durch ihre Spalte gleiten, umkreiste die Öffnung und strich dann über die Klit, um schließlich völlig reglos auf ihr zu verweilen.

Die Lust, die sich sowieso schon im Zeitlupentempo in ihr aufgebaut hatte, verharrte ebenfalls, sank schließlich, um sich wie eine Katze auf der Lauer in ihr Innerstes zurückzuziehen, wo sie klopfte und kitzelte.

Jules tat immer noch nichts. Die Zeit schien dahinzuschleichen, aus Sekunden wurden Minuten, die sich zäh weiterschleppten.

Als Jules plötzlich mit der Zungenspitze auf Nicolettes Klit tippte, zuckte sie heftig zusammen und ein kleiner Aufschrei entfuhr ihrer Kehle.

„Ich habe dir doch verboten zu schreien“, sagte Jules streng.

Er richtete sich auf, griff nach der Gerte und senkte das Ende auf Nicolettes Fötzchen.

Sie erstarrte. Er würde doch nicht? Nicht auf ihre empfindliche Möse!

„Jetzt wirst du noch länger leiden müssen“, hörte sie ihn drohen. „Aber gib nicht mir die Schuld daran. Das hast du dir selbst zuzuschreiben.“

Langsam strich er mit dem Ende durch die Spalte, kitzelte die hochempfindliche Klitoris, aber nur so leicht, dass die lauernde Lust in Nicolettes Bauch langsam aufwachte und begann, sich quasi millimeterweise in ihre Möse vorzuarbeiten.

Ein Dröhnen herrschte in Nicolettes Ohren. Sie hatte die Luft angehalten, konzentrierte sich ganz auf den hauchfeinen Kitzel, um ihn so zu verstärken. Aber Jules blieb bei seiner hauchzarten Behandlung, die nichts anderes war als eine schreckliche, kaum auszuhaltende Lustfolter, der Nicolette hilflos ausgeliefert war.

Als sie kurz davor stand, vor lauter Atemnot und Lust bewusstlos zu werden, unterbrach er sein Spiel, ging erneut zur Kommode und holte einen hauchfeinen Federbusch heraus, mit dem er nun Nicolettes Möschen und die Klitoris kitzelte.

Vor Ungeduld und Qual begann sie schließlich zu weinen.

„Gib es mir“, flehte sie, alle Verbote vergessend. „Bitte, bitte, ich kann nicht mehr.“

Jules spürte, dass sie tatsächlich am Ende war. „Okay“, raunte er ihr zu. „Aber nur dieses eine Mal. Du bist schließlich noch eine Schülerin. Das nächste Mal werde ich allerdings nicht mehr nachgeben.“

Nicolette atmete erleichtert auf. Sie schloss die Augen und gab sich ganz Jules’ streichelnden Fingern hin, die in ihre Öffnung eindrangen und dort die hochempfindliche Stelle tief innen streichelten, bis sich die Lust zu einem großen, heißen Feuerball zusammenballte.

Um die süße Pein noch zu verstärken, begann er, nun auch noch ihre Klit mit den Federn zu kitzeln. Die zusätzliche Stimulation war zu viel für Nicolette. In ihrem Inneren gab es eine so gewaltige Explosion, dass sie sich nicht mehr halten konnte.

Stöhnend und wimmernd warf sie den Kopf hin und her, ihre Beine zerrten an den Fesseln, ihr Becken schlug gegen das Kissen und ihr gesamter Körper zuckte.

Noch bevor der Orgasmus ganz abgeklungen war, drang Jules in sie ein und begann, sie so wild zu reiten, dass sich umgehend eine neue Woge der Lust in ihr aufbaute, die nicht minder gewaltig über ihr zusammenbrach.

Zitternd, keuchend, nass von Schweiß blieb sie schließlich liegen, unfähig, auch nur den kleinen Finger zu rühren. Jules stieß noch ein paar Mal heftig zu, dann umklammerte er sie fest, während er zuckend und stöhnend in ihr kam.

Als Jules wieder ruhiger atmen konnte, betrachtete er sie zärtlich, strich ihr das feuchte Haar aus der Stirn.

„Schlaf jetzt“, raunte er, dann löste er die Fesseln, streckte sich neben ihr aus und zog die Decke über ihre beiden nackten Körper. „Schlaf, meine süße Geliebte. Du brauchst jetzt ganz viel Ruhe.“

Nicolette hörte die Worte kaum noch. Dicht an seinen nackten, von der Erregung noch heißen Körper geschmiegt, schlief sie ein.

*

Nach dem Frühstück brachte Schwester Agnes den Therapieplan zu Carole. Er bestand aus Erotikmassagen, Schwimmen, Streicheltraining und Einzel- oder Gruppengesprächen, in denen sich die Teilnehmer über ihre Probleme, sexuellen Abneigungen und Träume aussprechen sollten. Auch Rollenspiele waren vorgesehen, und für Carole ein spezielles Voyeurtraining, in dem sie anderen beim Liebesspiel zusehen und ihre Gefühle notieren sollte.

„Um halb zehn geht es los“, verkündete Agnes in einem Ton, der Carole an die Animateure in den Urlaubsklubs erinnerte, in die sie früher mit Nicolette gereist war.

Und jetzt gehen wir alle an den Pool zu unserem superspannenden Wasserballmatch!

„Ich hole Sie ab und bringe Sie zum Therapieraum.“

„Danke.“ Carole wartete, bis Agnes das Zimmer verlassen hatte, dann erhob sie sich und ging durch die Verbindungstür in Nicolettes Zimmer.

Sie schlief noch, was Carole verwunderte, denn Nicolette gehörte zu den frühen Vögeln, die schon am Morgen zwitschernd und trällernd durch die Gegend laufen und Morgenmuffeln mit ihrem Frohsinn auf die Nerven gehen.

Sie lag nackt auf dem breiten Bett, die Beine leicht gespreizt, sodass Carole ihre Scham sehen konnte, die bis auf einen schmalen Streifen auf dem Schamhügel kahl rasiert war.

Es wirkte so süß und schutzlos, dass Carole unwillkürlich den Drang verspürte, es zu streicheln und zu küssen.

Erschreckt über ihre Gedanken trat sie zurück und schlich in ihr Zimmer zurück, wo sie sich aufs Bett fallen ließ und hastig nach dem Buch griff, das sie mitgebracht hatte.

Sie hoffte, dass die spannende Handlung sie von ihren verwirrenden Gedanken und dem Prickeln in ihrer Muschi ablenken würde. Aber sie konnte sich kaum auf die Handlung konzentrieren. Immer wieder schob sich das Bild von Nicolettes blankem Döschen vor die Zeilen und weckte das Prickeln in Caroles eigenem jedes Mal aufs Neue.

Sie war froh, als Schwester Agnes ins Zimmer kam, um sie zur Therapiestunde abzuholen. Sie gingen in den Behandlungstrakt hinüber, wo sie von einem groß gewachsenen Mann, gekleidet in einen schneeweißen Leinenanzug, in Empfang genommen wurde.

„Ich heiße Pascal und bin für die nächsten Tage Ihr Trainer. Wir beginnen heute mit der Voyeurstunde. Sie werden einem Terzett beim Liebesspiel zusehen, dürfen währenddessen aber aus therapeutischen Gründen nicht in das Spiel eingreifen und auch nicht masturbieren. Zur Sicherheit werden wir Ihre Beine und Arme fixieren."

Carole nickte. Sie folgte Pascal in einen großen Raum, der von einem riesigen runden Bett beherrscht wurde, und nahm auf dem bequem aussehenden Lehnstuhl Platz, der davor stand.

In den Armlehnen und an den Stuhlbeinen befanden sich Schlaufen, mit denen Pascal Caroles Extremitäten fesselte, sodass sie sich nicht selbst berühren konnte.

„Sie brauchen keine Angst zu haben", sagte er, während er die Schlaufen befestigte. „Es wird Ihnen nichts passieren. Sollten Sie dennoch aus irgendwelchen Gründen Panik bekommen, bin ich sofort bei Ihnen und erlöse Sie."

Er öffnete eine Schublade und entnahm jede Menge Kabel und ein kleines Kästchen. Dann befestigte er einige Elektroden an Caroles Oberkörper, an ihrem Bauch, an beiden Zeigefingern und in ihrer linken Armbeuge, verband die Elektroden mit den Kabeln und schloss diese wiederum an das Kästchen an, einem Sender, der Caroles Vitalwerte an den Überwachungsraum sendete, in dem Pascal saß.

„Auf dem Monitor kann ich sofort sehen, wenn es Ihnen nicht gut geht", erklärte er. „Sie können sich also ganz sicher fühlen."

„Danke." Carole hatte trotzdem Angst vor dem Kommenden. Gerard und sie trieben es meistens im dunklen Schlafzimmer miteinander. Er hielt nicht viel von langwierigen Spielereien, sondern wollte sofort zur Sache kommen.

Da Carole den Akt an sich als reichlich lächerlich empfand, konnte sie sich nicht vorstellen, dass es ihr Spaß machen könnte, jemandem dabei zuzusehen. Zweifelnd sah sie Pascal hinterher, bis er den Raum verlassen hatte, dann richtete sie ihren Blick auf das breite Bett.

Eine Weile geschah nichts, dann wurde die Tür geöffnet und ein herrlich gebauter Adonis betrat den Raum, flankiert von zwei nackten jungen Frauen.

Die Frauen ließen sich auf dem Bett nieder und begannen, den gewaltigen Lümmel ihres gemeinsamen Liebhabers zu wichsen.

Während ihn die blonde Gespielin mit der Hand bearbeitete, kitzelte ihre Kollegin, eine vollbusige Rothaarige mit silbern lackierten Fingernägeln, die pralle Eichel mit ihrer Zungenspitze.

Beide Mädchen knieten so, dass Carole ihre runden Hintern und die kleinen Muschis sehen konnte, deren äußere Lippen dick geschwollen waren vor Lust.

Ihr Lover war ein wahres Zuckerstück von einem Mann. Sein Körper bestand scheinbar nur aus Muskeln und Sehnen, die sich unter der straffen, gebräunten Haut spannten. Seine langen Beine hielt er leicht gespreizt, damit die Mädchen seinen Sack bearbeiten konnten. Sie taten es abwechselnd, indem sie ihn sanft kneteten, mit ihren langen Nägeln kitzelten und den Zungen liebkosten, wobei sie nicht aufhörten, seinen Schwanz zu reiben.

Plötzlich richtete sich die Rothaarige auf und begann, mit den Lippen an dem Brustpiercing zu zupfen, das seine rechte Warze schmückte. Er stöhnte vor Lust laut auf, ließ sich rückwärts auf das Bett fallen und bot seinen Luxuskörper den Mädels als Spielzeug für ihre sexuellen Fantasien an.

Die zweite Gespielin, eine Frau von höchstens zwanzig Jahren, ließ von seinem steifen Speer ab, kniete sich breitbeinig über das Gesicht des Adonis und forderte ihn auf, ihre Möse zu lecken, was er mit offensichtlichem Eifer tat.

Mit der Zunge fuhr er durch ihre Spalte, saugte daran, bis sie vor Lust keuchend den Kopf zurückwarf und ihrer Freundin die festen runden Brüste mit den aufgerichteten Nippeln zum Kuss darbot.

Die Rothaarige kam der Aufforderung nach. Abwechselnd küsste sie die rechte und linke Knospe, dann knabberte sie daran, nahm sie zwischen ihre Zähne und zog sie in die Länge, um sie im nächsten Moment zurückschnellen zu lassen.

Ohne ihr Spiel zu unterbrechen, schob sie die rechte Hand zwischen ihre gespreizten Beine, steckte den Mittelfinger in ihr Döschen, um sich selbst mit wohligen Gefühlen zu verwöhnen.

Die Jüngere der beiden maunzte wie ein Kätzchen, während Adonis seine Zunge jetzt tief in ihre Spalte steckte und ihren Saft lutschte. Mit beiden Händen umfasste er ihren prallen Hintern, zog die Backen auseinander und schob einen Finger in ihren Anus, während er sie gleichzeitig weiter leckte.

Als die Rothaarige merkte, dass ihre Freundin beschäftigt war, setzte sie sich mit gespreizten Beinen auf Adonis' Unterleib, umfasste den harten Penis und rieb ihn zwischen den Lippen ihrer Muschi.

Ihre Freundin juchzte vor Freude. Wild bewegte sie ihr Becken hin und her, vor und zurück, damit die Zunge und der Finger des Adonis auch wirklich jeden verborgenen Winkel ihres Inneren erreichen und verwöhnen konnten.

Carole hatte inzwischen ihre Ängste und ihre Scham vergessen. Der Anblick der wippenden Brüste, der Mösen und des prügelharten Penis erregte sie so, dass sie sich am liebsten dazwischen geworfen und mitgespielt hätte. Aber das ging ja nicht, weil sie an diesen Stuhl gefesselt war. Sie konnte sich nicht einmal selbst Erlösung verschaffen, denn ihre Hände lagen fest fixiert auf den Armlehnen. Ihr blieb nur übrig, auf dem Sitz hin und her zu rutschen, sodass ihr Slip über ihre Klitoris rieb. Aber das machte ihr Sehnen nach direkter Berührung nur noch schlimmer.

Die Blonde kam mit einem wilden Aufschrei. Sie warf den Kopf zurück, ihre Finger zwirbelten die steifen Nippel, dann begann sie zu zucken, bis sie schließlich über dem Gesicht des Adonis zusammensackte und für ein paar Sekunden keuchend auf ihm liegen blieb.

Als sie von ihrem Lover herunterstieg, zeigte ihr hübsches Gesicht den Ausdruck höchster Zufriedenheit. Wie ein Kätzchen, das eine Schale frischer Sahne ausgeschleckt hat, streckte sie sich wohlig und überließ ihren Platz der Rothaarigen, die sich nun ebenfalls von ihm befriedigen ließ.

Nachdem auch sie ihren Höhepunkt bekommen hatte, kümmerten sich beide Frauen um Adonis' Schwanz, der nach all der Anstrengung schließlich auch eine Belohnung verdient hatte.

Während sie ihn rieben und lutschten, blicken die Mädchen immer wieder zu Carole und spielten dabei aufreizend mit ihren Brüsten, als wollten sie ihre Zuschauerin animieren, es ihnen gleichzutun.

Tatsächlich konnte Carole ihre Blicke nicht von den strammen Titten abwenden. Fasziniert sah sie zu, wie die Nippel der Mädchen noch härter wurden.

Plötzlich schienen die Frauen den Lümmel vergessen zu haben, denn sie begannen nun, sich gegenseitig zu streicheln und ihre Pussys abwechselnd mit den Zungen zu verwöhnen.

Kurz bevor sie das zweite Mal kamen, ging ihr Freund dazwischen und befahl ihnen, sich auf der Matratze auszustrecken. Nun streichelte er ihre Mösen abwechselnd mit seinem knallharten Pfahl, bis sie vor Freude wimmerten und stöhnten. Aber er gönnte ihnen noch nicht die Gnade der Erlösung.

Mit geschmeidigen Bewegungen, die an einen Panther erinnerten, richtete er sich auf, ließ sich auf dem Rand des Bettes nieder und hob die Rothaarige auf seinen steil aufgerichteten Pfahl.

Sie war jetzt buchstäblich aufgespießt. Aber die Folter gefiel ihr, denn sie lachte vor Freude und begann, wild auf dem Speer zu reiten, bis sie mit gellenden Schreien und unter krampfartigen Zuckungen ihren Orgasmus erlebte.

Der Adonis gönnte sich keine Pause. Kaum war die Rothaarige abgestiegen, bedeutete er der Blonden, sich auf ihn zu setzen, was sie mit sichtlicher Freude tat.

Sie brauchte nur wenige Sekunden, um zum Höhepunkt zu kommen, dann ließ sie sich seitwärts auf das Bett fallen und sah zu, wie er seinen Lümmel mit zwei, drei Handbewegungen zum Schuss wichste.

Als es soweit war, überlief ein Zittern seinen Körper. Seine ansehnlichen Muskeln spannten sich unter der straffen Haut und dann spritzte er seine Wollust in weißen Schwallen heraus.

Bei dem Anblick seines Orgasmus wäre Carole beinahe gekommen. Wenn sie noch ein paar Mal mehr ihre Muskeln zusammengezogen hätte … aber da war die Show auch schon vorbei.

Staunend sah Carole, wie sich seine Freundinnen darauf stürzten und die warme Sahne gierig aufleckten, als handele es sich um süße Honigmilch.

Das Trio schien sein Spiel beendet zu haben. Die drei nickten ihr nacheinander zu und verließen lachend und miteinander schwatzend das Schlafzimmer.

Pascal kehrte gleich darauf zurück, um Carole loszubinden. „Ich möchte, dass Sie jetzt Ihre Empfindungen notieren", erklärte er, als sie gemeinsam auf den Flur hinaustraten. „Danach sollten Sie eine Stunde ruhen und dann hole ich Sie zur Massage ab."

Carole nickte. Sie verließ den Behandlungstrakt und kehrte auf ihr Zimmer zurück, wo jemand inzwischen einen Hefter und Stifte bereitgelegt hatte. Doch Carole wollte erst einmal nach Nicolette schauen, ehe sie mit dem Schreiben begann, obwohl sie keine Ahnung hatte, was sie schreiben sollte.

Nicolette saß auf dem Bett, ein flauschiges Handtuch um ihren herrlichen Körper gebunden, das Haar nass, was verriet, dass sie soeben aus der Dusche gekommen war. Als sie Carole in der Tür stehen sah, erschien ein erfreutes Lächeln auf ihrem Gesicht.

„Hey, Süße, wie war die erste Therapiestunde?"

Carole runzelte die Stirn. „Merkwürdig", gab sie zu und nahm neben Nicolette auf dem Bett Platz. „Ich musste drei Leuten beim Sex zuschauen, das war …" Sie zog schaudernd die Schultern hoch. „Peinlich. Okay, teilweise fühlte ich mich auch angeregt, aber meistens eher …" Sie suchte nach den passenden Worten. Schließlich zuckte sie mit den Schultern. „Ach, ich habe mich einfach nur ziemlich unwohl gefühlt."

„Hier werden sie schon herausfinden, was dir Spaß macht", behauptete Nicolette zuversichtlich. „Alles ist nun mal nicht für alle, und wenn dir Triospiele nicht gefallen, dann hast du vielleicht Spaß an Doktorfummeleien oder an Oralsex oder …"

„Bestimmt nicht." Carole schüttelte sich erneut. Dann senkte sie die Stimme. „Weißt du, ich mache das manchmal bei Gerard, aber danach ist mir immer schlecht. Und er findet es auch nicht so toll. Er hätte halt gerne, dass ich seinen Penis etwas kräftiger und einfallsreicher bearbeite."

„Wenn du das nicht magst, musst du es auch nicht tun."

„Hast du gut geschlafen?", wechselte Carole das Thema.

„Und ob!" Nicolette lächelte hintergründig. „Ich hatte gestern Nacht noch Besuch und mit ihm den geilsten Fick, den ich je erlebt habe."

Carole fiel vor Staunen die Kinnlade herunter. In ihre Verwunderung mischte sich allerdings auch eine kleine Prise Neid. Wieso konnte ihre Freundin ihre Sexualität so hemmungslos ausleben, während sie selbst sich ständig schämte?

„Es war einfach toll", schwärmte Nicolette indessen von ihrer Nacht mit Dr. Benoit. „Ich bin zweimal hintereinander gekommen und ich schwöre dir, es war beide Male einfach Klasse!"

Mit wachsendem Staunen lauschte Carole Nicolette, die ihr die Erlebnisse der vergangenen Nacht in allen Einzelheiten schilderte.

„Nein", meinte Carole, nachdem Nicolette mit ihrem Bericht zum Ende gekommen war. „Das alles wäre nichts für mich. Ich mag keine Schmerzen und keine Gewalt." Sie seufzte. „Ich fürchte, ich bin und bleibe der langweilige Blümchensextyp."

„Jetzt warte es ab", riet Nicolette. „Irgendwann wirst auch du Spaß an der Liebe haben. Es muss ja nicht unbedingt mit Gerard sein."

„Aber Gerard ist mein Ehemann!" Carole war entrüstet, aber Nicolette lachte nur.

„Na und? Was glaubst du, wie viele Paare sexuell getrennte Wege gehen?"

Da dies nicht Caroles Vorstellungen von einer glücklichen Ehe entsprach, sie aber wusste, dass Nicolette vollkommen anders dachte, beschloss sie, die Diskussion abzubrechen und sich an ihre Hausaufgaben zu machen.

„In einer knappen halben Stunde muss ich schon zur nächsten Therapie."

„Dann verschwinde in dein Zimmer", forderte Nicolette grinsend. „Ich ziehe mich jetzt an und dann schaue ich mal, womit ich mir die Zeit vertreibe."

„Viel Spaß." Carole stand auf und ging in ihr Zimmer hinüber, während Nicolette ihre Garderobe nach einem passenden Outfit durchforstete.

*

Da die Sonne sommerlich heiß vom Himmel strahlte, entschied Nicolette sich für einen knappen Bikini und einen passenden Pareo, den sie sich locker um die Hüften band. Ihr Ziel war das Schwimmbad, wo sie den Vormittag in Gesellschaft eines Buches verbringen wollte.

Diesmal waren die Scheiben der riesigen Fensterfront herabgelassen, sodass man aus dem Poolbereich direkt auf die Wiese gelangen konnte, auf der die Hausangestellten Liegen mit bequemen Polstern aufgestellt hatten. Nicolette legte ihr Handtuch und das Buch dort ab, dann gönnte sie sich erst mal ein paar Runden im klaren Wasser des Pools, um dann zu ihrer Liege zurückzukehren.

Zu ihrer Freude wurde sie dort von Jules erwartet. Er lag mit einer eng sitzenden schwarzen Badehose bekleidet auf einer Liege ausgestreckt. Die Beule in seiner Badehose verriet, wie sehr er sich freute, Nicolette wiederzusehen.

Sie strahlte ihn an. „Salut, docteur." Jules' Augen funkelten bei ihrem Anblick. „Wie geht es dir heute?"

„Gut, sehr gut." Er deutete auf seinen erigierten Penis. „Aber wir haben schreckliche Sehnsucht nach dir und deiner Pussy."

Als wäre es das Selbstverständlichste der Welt legte Nicolette ihre Hand auf Jules' Oberschenkel und strich mit ihren rosa lackierten Nägeln über seine Haut.

Jules konnte das leise Stöhnen nicht verhindern, ebenso wenig wie die feine Gänsehaut, die seinen Körper bei den erotisierenden Berührungen überzog.

„Und?" Nicolette nahm neben ihm auf der Liege Platz. „Was machen wir nun?"

Jules lächelte geheimnisvoll. „Alles, worauf du Lust hast. Heute bist du der Boss."

„Oh, dann wollen wir mal sehen." Mit einem Seufzer schlang sie die Arme um seinen Hals und küsste ihn mit einer solchen Leidenschaft, dass Jules das Blut in den Kopf und zugleich in die Lenden schoss. Aufstöhnend presste Jules sie an sich. An seiner nackten Haut konnte er die Hitze ihrer Brüste spüren.

Jules wollte noch etwas sagen, aber Nicolette ließ ihm keine Zeit. Mit einem lockenden Lächeln löste sie den winzigen BH und gönnte Jules den Anblick ihrer festen Brüste, deren Nippel sich verhärtet hatten. Dann beugte sie sich vor, schob die winzigen Dreiecke zurecht, sodass sie Jules' Augen bedeckten, und verknotete das Bikinioberteil an seinem Hinterkopf. Gleich darauf hörte er, wie sie das Nichts von einem Stringslip auszog.

Die Vorstellung, dass Nicolette nun ganz nackt war, ließ ihn vor Geilheit zittern. Er streckte die Hände aus, tastete nach ihren Brüsten und brummte wohlig, als er die heißen Kugeln unter seinen Fingern spürte.

Spielerisch rieb er die Warzen zwischen Daumen und Zeigefinger, dann richtete er sich auf und vergrub sein Gesicht zwischen den duftenden Bällen. Nicolette lachte leise, als er blind nach den Nippeln suchte, um sie in seinen Mund zu nehmen.

Mit sanfter Gewalt zwang sie Jules auf das Polster zurück. Er hörte ein Geräusch, das klang, als würde Stoff auf Stoff reiben. Dann packte Nicolette seine Handgelenke, zwang ihn, seine Arme über den Kopf zu heben und fesselte seine Handgelenke an die Liege.

Der zarte Moschusduft verriet ihm die Art der Fessel. Es war Nicolettes String, dessen Band von ihrer Feuchte nass war.

Ihre Lippen waren kühl. Sie ließen seine Nerven vibrieren, als sie wie Schmetterlingsflügel über seine Haut flatterten, seine Achselhöhlen kitzelten, seine Brust, seinen Bauch bis hinunter zu den Füßen, die genauso sensibel reagierten, wie der Rest seines Körpers.

Als ihre Zungenspitze seine Brustwarze zu liebkosen begann, hatte Jules das Gefühl, ein Funkenschauer regne auf ihn nieder. Wollüstig bog er sich ihrem Mund entgegen, stöhnte selig, als sie nach dem Kuss mit ihren Zähnen in seine Nippel biss und daran knabberte.

Eine Weile neckte und verwöhnte sie ihn so, dann richtete sie sich auf. Mit einem Ruck zog sie die Badehose über seine Hüften, sein Schwanz schnellte heraus, richtete sich auf und reckte sich, als wollte er Nicolette auffordern, sich endlich um ihn zu kümmern.

Sie tat ihm den Gefallen. Behutsam nahm sie ihn zwischen ihre Lippen und seifte ihn mit ihrem Speichel ein, damit ihr Mund glatt und mühelos daran hinauf- und hinuntergleiten konnte.

Schon braute sich in Jules' Hoden der heiße Kitzel auf, der den Orgasmus ankündigt, da ließ Nicolette den steifen Schwanz aus ihrer Mundhöhle gleiten und begann stattdessen, Jules' Hodensack zu kraulen.

Willig spreizte er die Beine, damit sie sich ausgiebig mit seinen Eiern beschäftigen konnte. Als sie sich jedoch erneut über seinen Schwanz beugte, mit der Linken seine Vorhaut straff zurückschob und dann mit ihrer Zungenspitze die kleinen zarten Lippen teilte, die die feine Öffnung in der Penisspitze schützten, glaubte Jules, jeden Moment zu explodieren.

Mit der Zunge weitete Nicolette die kleine Öffnung und leckte genießerisch den süßlichen Nektar heraus, der aus der Öffnung quoll.

Jules stöhnte vor Behagen. Sein Unterleib bewegte sich unruhig auf dem Polster, aber Nicolette wusste genau, wie sie seine Lust noch weiter steigern konnte. Zuerst saugte sie an der Eichel, dann begann sie, mit der einen Hand seinen Schwanz zu wichsen, während sie mit der anderen liebevoll seine Eier kraulte.

Der Kitzel wuchs zu einem schier unerträglichen Prickeln, Jucken, Brennen und Kribbeln, das aus seinem Schwanz und seinen Eiern in seinen Unterleib kroch, ihn zwang, in wilden Zuckungen sein Becken zu bewegen und flehentlich den erlösenden Höhepunkt herbeizusehnen. Er wollte spritzen! Jetzt!

Doch Nicolette wollte die lustvolle Folter noch ein Weilchen weiterbetreiben. Als sie Jules' Steifen aus ihrer Mundhöhle gleiten ließ und sich aufrichtete, schossen ihm vor Enttäuschung unwillkürlich Tränen in die Augen. Einen Moment fürchtete Jules, sein Schwanz würde sich ohne weitere Reize von allein entladen, da fühlte er Nicolettes sanft streichelnde Finger an seinem Sack.

Das Polster knirschte, als Nicolette sich mit gespreizten Schenkeln über Jules' Gesicht kniete. Genussvoll sog er den Duft ihrer Möse ein. Sie roch nach Geilheit, wild, betörend raubtierhaft, ein Gemisch, das seine Sinne benebelte und Hitzewellen durch seine Lenden sandte.

Ein wilder Taumel packte ihn, als sie seinen Kopf anhob. Nun stach ihm der Geruch direkt in die Nase. Wie in Trance begann er, ihre Muschi zu lecken, und nun war es Nicolette, die vor Lust stöhnte.

Mit der Zunge teilte er ihre intimen Lippen, erforschte das heiße Innere ihrer Muschi und schmeckte die Süße ihres Safts. Als er behutsam in ihren Kitzler biss und daran zu saugen begann, stieß sie kleine, spitze Schreie aus.

Ihre Verzückung fachte seine eigene Erregung mehr und mehr an. Sein Penis sehnte sich nach den gleichen Genüssen, die Jules gerade Nicolettes Spalte schenkte. Schon begann er zu fürchten, sie würde kommen, ohne ihm den Höhepunkt zu schenken, da zog sie sich zurück und ließ sich auf seinen Schoß niedersinken.

Ihr feuchter, heißer Pussymund nahm ihn auf, umschloss seinen Penis, saugte daran, hielt ihn gefangen und ließ ihn frei, um sofort von Neuem an ihm zu saugen, ihn regelrecht zu melken.

Er spürte, wie sie ihre Nägel in seine Haut grub. Der Schmerz war Pein und Lust zugleich. Er stöhnte, aber sie ließ nicht von ihm ab, zog nur weiter langsam tiefe, brennende Spuren über seine Brust.

Ihre Muschi war so heiß wie die Sonne, unter der sie sich liebten. Er spürte, wie sich ihre inneren Muskeln spannten, fühlte das Zucken und Beben ihres Körpers, das ihn ebenfalls auf den Gipfel seiner Lust katapultierte, wo er für eine süße Ewigkeit verharrte, um dann in einer einzigen gewaltigen Explosion seinen Liebessaft in ihre Möse zu spritzen.

Sein Körper verfiel in ekstatische Zuckungen, die die Liege erschütterten und ins Wanken brachten. Er fühlte Nicolettes Zähne im weichen Fleisch seiner Halsgrube, ihre Nägel, die seinen Oberkörper zerkratzten, während sie sich in wollüstiger Ekstase auf ihm wand.

Der Schmerz steigerte seine Lust ins schier Endlose. Endlich schoss der letzte Tropfen aus seinem Schwanz, zugleich wurde sein Körper von einem heftigen Zittern erfasst, das schließlich im Gleichmaß mit dem Orgasmus abebbte. Zurück blieb eine wohlige Mattigkeit, die seinen Körper kraftlos, nass von Schweiß zusammensinken ließ.

Schweigend lagen sie danach eng umschlungen auf dem Polster.

„Jetzt würde ich gerne ein Stündchen schlafen und dann weitermachen“, seufzte Jules, nachdem sich seine Atmung reguliert hatte. „Aber leider, leider …“ Bedauernd sah er Nicolette an. „Die Arbeit ruft und ich muss dem Ruf folgen.“

„Dann solltest du nicht länger warten.“ Sie stand auf und nahm auf der Nachbarliege Platz. „Ich ruhe mich inzwischen ein bisschen aus. Mal sehen, was der Tag mir noch so alles bietet.“

„Nimm alles mit, was du kriegen kannst", riet Jules ihr lächelnd. „Aber heb noch ein Stückchen deiner Lust für mich auf." Er küsste sie auf die Wange. „Wir sehen uns heute Abend."

Genüsslich streckte Nicolette sich auf der Liege aus, während Jules seine Badehose wieder anzog, Nicolette ihr Bikinioberteil zuwarf und gleich darauf im Haus verschwunden war.

*

Sie döste tatsächlich eine Weile. Doch dann wurde es ihr in der Sonne zu heiß und sie suchte Abkühlung im Pool, in dem sie immer noch der einzige Gast war. Das Wasser kühlte ihren erhitzten Körper. Entspannt und ohne Hast schwamm Nicolette ihre Runden, dann legte sie sich auf den Rücken und ließ sich treiben.

Es war ein geiles Gefühl, vom Wasser getragen dahinzuschweben. Die Kühle streichelte ihre Haut, zugleich wärmten die Sonnenstrahlen ihre Brüste, die aus dem Wasser ragten. Wenn Jules sie so sehen könnte …

Der Gedanke brachte sie zum Kichern. Sie stellte sich vor, wie er am Beckenrand stand und sie gierig beobachtete. Sicherlich würde er seinen Kittel herunterreißen, zu ihr in den Pool springen und sie hart und rücksichtslos vögeln. Und sie würde vor Lust stöhnen. Ihr Kopf würde untertauchen, sie würde Wasser schlucken, aber Jules half ihr nicht. Er stieß weiter in sie, selbstvergessen in seiner Lust, während sie versuchte, wieder aufzutauchen. Das Spiel zwischen brennender Lust und Todesangst würde sie verrückt machen vor Geilheit und ihr einen wahnsinnigen Orgasmus bescheren, aus dem sie …

Stopp, Schluss! Sie musste aufhören, sich solche Geschichten auszudenken, solange kein Kerl griffbereit war, mit dem sie die Lust stillen konnte. Nicolette warf sich herum und schwamm zur Einstiegsleiter. Ihre Möse prickelte vor ungestilltem Verlangen. Sie ging zur Liege, ließ sich darauf nieder und schloss die Augen, in der Hoffnung, dass das unruhige Pochen in ihrem Schritt aufhörte.

Endlich legte sich träge Mattigkeit auf ihre Sinne. Zufrieden glitt Nicolette in das Reich seliger Träume, aber ein Geräusch ließ sie aufschrecken, kurz bevor sie gänzlich hinübersank. Sie wandte den Kopf und sah in die Richtung, aus der sie das Knacken gehört hatte.

Zuerst konnte sie nichts entdecken. Über dem Park lag vormittägliche Stille, kein Blättchen bewegte sich im Wind. Aber dann ließ sie ihre Blicke weiterwandern, tastete die Hecken und Büsche ab, die die Liegewiese umgaben. Und dann sah sie es: Unter einem dicht belaubten Gebüsch lugte ein Paar schwarzer Gartenclogs hervor.

Nun konnte sie auch den Saum von zwei blauen Hosenbeinen erkennen. Keine Frage, in dem Gebüsch steckte jemand und beobachtete sie!

Sieh da, ein kleines Spannerlein! Beinahe wäre Nicolette in lautes Gelächter ausgebrochen. Aber dann überlegte sie es sich anders. Wieso sollte sie dem Typen keine Show bieten? Schließlich sollte er sich nicht umsonst von den Ästen zerkratzen lassen. Vielleicht traute er sich ja aus seinem Versteck, begierig darauf, was er gesehen hatte, auch zu berühren.

Um ihm die Entscheidung leichter zu machen, hob Nicolette träge die Hand und begann mit den Fingerspitzen spielerisch über die linke Brustwarze zu streichen, die sich sofort verhärtete.

Eine Weile liebkoste sie sich so, dann erwachte in ihr die Sehnsucht nach intensiveren Reizen. Sie fing an, die Warze zwischen ihren Fingern zu reiben. Als sie den harten Nippel zwischen die Kuppen von Daumen und Zeigefinger nahm und langzog, schielte sie gleichzeitig zu dem Gebüsch. Die Blätter bewegten sich sachte, als würde ein mildes Lüftchen hindurchwehen.

Na warte!, dachte Nicolette belustigt. Der Typ hielt wahrscheinlich gerade seine Rute in der Hand und spielte ein bisschen daran herum, während er zusah, wie Nicolette sich selbst verwöhnte.

Aber so leicht sollte er nicht davonkommen! Wenn er dort schon schüchtern hinter den Büschen saß, dann sollte er auch richtig was geboten bekommen.

Sie öffnete die Schenkel. Mit der Linken liebkoste sie weiterhin ihre Brüste, die von der Sonne aufgeheizt zu glühen schienen. Ihre Rechte ließ sie langsam über ihren flachen Bauch zu dem glatt rasierten Venushügel wandern und dann zwischen ihren Schenkeln verschwinden.

Die Blätter bewegten sich heftiger.

Gut so! Innerlich grinste Nicolette, während sie ihre Finger durch die feuchte Spalte wandern ließ. Ihre Schamlippen waren geschwollen, ihre Pussy, tropfnass vor Geilheit, nahm die suchenden Finger bereitwillig auf und schloss ihre gierig saugenden Wände darum.

Nicolette stöhnte leise, ihr Becken bewegte sich unruhig auf der Liege. Ihre Finger drangen tiefer ein, suchten den G-Punkt, den sie zunächst mit tupfenden Berührungen reizte. Sofort stellte sich die erwünschte Wirkung ein.

Ihre Geilheit wuchs, das Kribbeln in ihrem Bauch konzentrierte sich auf die Mitte, um von dort immer stärkere Wellen der Lust durch ihren Körper zu jagen.

Jetzt bewegte Nicolette ihre Hand schneller. Ihre Finger fuhren vor und zurück, stießen tief in ihre Möse, um dann schmatzend zurückzugleiten und die Klitoris mit dem klebrigen Saft ihrer Lust einzureiben.

Wieder entfuhr Nicolette ein Stöhnen. Der Reiz wurde immer heftiger, als sie die harte Knospe streichelte. Das Herz hämmerte in ihrer Brust, sie drückte ihre feuchtheiße Möse gegen ihre Handfläche, um sich daran zu reiben, bis sie brannte.

Mühsam hob Nicolette die Lider und schielte zu den Büschen. Die Blätter bewegten sich jetzt heftig. Der Spanner besorgte es sich. Wahrscheinlich starrte er dabei auf ihre Hand an ihrer nassen Pussy reizte.

Jetzt konnte Nicolette sich nicht länger zurückhalten. Die Hitze war fast nicht mehr zu ertragen, sie gierte nach Erlösung, winselte vor Begierde.

Aus dem Gebüsch drang unterdrücktes Stöhnen, die Äste und Blätter bewegten sich jetzt, als würde ein Sturm durch sie fegen. Nicolette stellte sich vor, wie der Voyeur zuckte und abspritzte, und ein genialer Orgasmus braute sich zusammen, der ihr den Atem raubte. Ein Dröhnen war in ihren Ohren, das Blut pulste wie heiße Lava durch ihre Adern.

Dann kam die Explosion. Im Unterbewusstsein hörte sie einen rauen Schrei, der sich mit ihrem eigenen vermischte. Eine süße Ewigkeit verharrte Nicolette auf dem Gipfel, genoss die heißen Wellen, die durch ihren Unterleib brandeten, dann kehrte sie langsam, beinahe widerwillig in die Realität des Parks zurück.

Ihr erster Blick galt dem Gebüsch, aber die Blätter hingen jetzt ruhig an den Ästen. Sie richtete sich auf, ihre Blicke suchten den Boden unter dem Buschwerk ab, aber sie konnte die verräterischen Hosenbeine und Clogs nicht entdecken. Offenbar hatte sich der Spanner längst aus dem Staub gemacht.

*

Sie musste wohl eingenickt sein, denn als sie erwachte, stand die Sonne hoch am Himmel. Um sie herum herrschte reges Leben, knapp bekleidete Patientinnen amüsierten sich im Pool. Ihr Lachen und Kreischen schallte weithin über den Park.

Unter einem der alten Bäume standen zwei Pfleger in inniger Umarmung. Im Gras saßen Frauen, die das Tun des Paares beobachteten.

Der Jüngere drehte sich nun in den Armen seines Partners, wodurch sich sein nackter Hintern gegen den steif abstehenden Schwanz seines Freundes presste. Dieser umfasste den Schaft des Jüngeren, bearbeitete ihn mit langen, heftigen Strichen. Nicolette musste grinsen angesichts des Eifers, mit dem der Ältere den Prügel wichste.

Plötzlich hielt er mitten in der Bewegung inne. Er fasste an seinen eigenen, strammen Lümmel und führte ihn an die Arschbacken seines Freundes. Dann stieß er seinen harten Speer mitten hinein. Der Lover stöhnte. Mit zunächst vorsichtigen, rhythmischen Bewegungen, begann der Ältere zu pumpen. Sein Partner maunzte wie eine rollige Katze. Seine Hand tastete zu seinem Schwanz, der dick von seinem Unterbauch abstand. Er spannte die Finger darum und fing an, sich zu reiben, während sein Partner nun mit immer heftigeren, schnelleren Stößen in ihn fuhr.

Gespannt sah Nicolette zu, wie der gewaltige Schwanz ein Stück aus dem Loch fuhr, um dann wieder bis zum Anschlag darin zu verschwinden. Nicolette hörte das Klatschen, wenn seine Hüften bei jedem Stoß auf den nackten Hintern seines Partners trafen.

Beide hatten einen verklärten Ausdruck auf den Gesichtern. Der Schwanz schien in der Hand des Jüngeren noch zu wachsen. Die Eichel leuchtete hellrot im Sonnenlicht, verschwand in der Faust des Mannes, tauchte wieder auf, glitzernde Tropfen der Lust ausspuckend, die über seine Finger rannen.

Am liebsten wäre Nicolette hingelaufen, um mitzumachen. Aber sie blieb, wo sie war, und sah fasziniert dem Spiel der beiden Männer zu.

Sie beobachtete, wie der Ältere die Augen schloss und den Kopf nach hinten fallen ließ. Sein Partner versuchte sich aufzurichten, was ihm nur teilweise gelang, sein Gesicht verzerrte sich zu einer Fratze reiner Wolllust, während ein Strahl weißer Sahne aus seinem Penis schoss.

Eine der Frauen stöhnte auf, als die Flüssigkeit sie traf.

Der Ältere kam. Nicolette erkannte es am Zittern, er konnte sich kaum noch auf den Beinen halten. Die Knie wollten einknicken, weshalb er sich am Becken seines Freundes festklammern musste. Zwei, drei heftige Stöße, dann wurde sein gesamter Körper von einem gewaltigen Orgasmus geschüttelt, der ihn atemlos mit weit aufgerissenem Mund überwältigte.

Der Penis glitt aus dem Anus seines Freundes, während der Therapeut keuchend rückwärts taumelte und sich gegen einen Baumstamm lehnte.

Sein Partner betrachtete mit einer Mischung aus Erstaunen und Betrübnis den matten Lümmel in seiner Hand. Doch im nächsten Moment erschien ein strahlendes Lächeln auf seinem gut geschnittenen Gesicht. Er klatschte in die Hände und forderte seine Zuschauerinnen auf, es sich gegenseitig zu besorgen.

Die meisten gehorchten umgehend, einige hatten beim Anblick der beiden fickenden Männer bereits angefangen, nur eine junge Frau zierte sich ein bisschen, ließ sich aber dann von den zärtlichen Berührungen ihrer Partnerin und den lüsternen Stöhnern und Seufzern der anderen Gruppenmitglieder verführen.

Nicolette hatte keine Lust mehr, untätig herumzuliegen. Sie stand auf, zog Bikini und Pareo an und spazierte gemächlich davon.

*

Der Park war riesig. Überall standen Liegen, Springbrunnen plätscherten und kleine romantische Teehäuschen lockten Liebespaare, sich hier ihren Spielen hinzugeben.

In Gedanken versunken ging Nicolette weiter. Hinter ihr wurden die Stimmen der Frauen immer leiser, dafür umgab sie das Zwitschern der Vögel, die in den Ästen der alten Bäume saßen und sich an dem schönen Tag freuten.

Der Weg teilte sich. Links verschwand er in einem Dickicht aus Brombeerbüschen, rechts führte er durch Hecken und an dicht stehenden Bäumen vorbei zu einer Hütte, deren Türen und Fenster weit geöffnet waren.

Hacken, Spaten und anderes Gartengerät lehnte an der Wand neben der Tür. Noch während Nicolette neugierig schaute, wurden Schritte laut. Sie schaffte es gerade noch, sich in das Gebüsch zu hocken, da trat ein Mann auf den kleinen Vorplatz und lehnte eine Harke an die Hauswand.

Er war hochgewachsen. Die bis zu den Ellbogen aufgerollten Ärmel seines karierten Hemdes entblößten muskulöse Unterarme.

Körper und Beine steckten in einer blauen Latzarbeitshose. Die Füße in schwarzen Gartenclogs. Nicolette grinste, als sie es sah. Das war also der Spanner!

Der Gärtner begann indessen, die Träger der Hose von seinen Schultern zu streifen und das Hemd aufzuknöpfen. Nicolette hielt unwillkürlich den Atem an, als sie seine nackte Brust sah. Himmel, der Kerl war eine erotische Offenbarung! Gebräunte Haut spannte sich über festen Muskeln und Sehnen. Er zog ein fleckiges, einst weißes Tuch aus der Hosentasche und mit ruhigen Bewegungen wischte er sich den Schweiß von Gesicht und Oberkörper. Dann drehte er sich um und ging in die Hütte, kehrte aber gleich darauf zurück, eine Wasserflasche in der Hand. Er setzte sie an die Lippen, legte den Kopf zurück und trank in gierigen Zügen.

Fasziniert sah Nicolette zu, wie das Nass aus seinen Mundwinkeln über das Kinn lief und über seine nackte Brust. Einem Impuls folgend richtete Nicolette sich auf und spazierte zu dem Mann, der die Flasche absetzte und Nicolette erstaunt musterte.

„So siehst du also aus“, stellte sie fest. „Hat es Spaß gemacht, mir zuzusehen?“

„Hm?“, machte der Gärtner und starrte Nicolette entgeistert an. Dann ging ein erleuchtetes Lächeln durch seine Züge. „Das ist ein Missverständnis, ich gehöre nicht zum Klinikpersonal, ich bin nur der Gärtner.“

Nicolettes Lächeln fiel in sich zusammen. Schade. Aber welchen Unterschied machte das schon? Sie trat näher und umfasste mit der Hand seinen Schritt.

„Ist das nicht egal? Hast du nicht schön öfter mal bedauert, nicht dazuzugehören? Es muss ja höllisch sein, die Leute täglich beim Sex zu beobachten und selbst leer auszugehen. Oder reicht dir etwa das Wichsen?“

Der Mann zog misstrauisch seine Augenbrauen zusammen und auf seiner makellosen Stirn bildeten sich zwei dünne Denkfalten. Nicolette schenkte ihm ihr verführerischstes Lächeln – und zuckte erschrocken zusammen, als er sie plötzlich an den Schultern packte und rückwärts drängte, bis sie gegen irgendetwas stieß.

Mit einer Hand hielt er sie fest, mit der anderen holte er eine rote Gartenschnur aus seinem Overall.

„Was hast du damit vor?", fragte sie atemlos. Was hatte sie da nur angefangen? So hatte sie sich das nicht vorgestellt!

Ohne zu antworten, bewegte er sich schneller, als sie reagieren konnte, und hatte ihre Hände mit der Schnur zusammengebunden. Dann ging er zur Hütte, alles mit völlig emotionslosem Gesichtsausdruck. Sie wollte weglaufen, aber da merkte sie, dass ihre Hände an etwas festgebunden waren. Sie blickte sich um, unter sich – der verdammte Kerl hatte sie an eine tief in der Erde steckende Mistgabel gebunden. Sie versuchte mit ihren Händen an der Stelle, an der die Schnur gebunden war, die Gabel aus dem Erdreich zu hebeln, aber sie hatte nicht genug Kraft dafür.

Schon kam der für seine Art viel zu harmlos und gut aussehende Kerl zurück. Bewaffnet mit einer riesigen Gartenschere. Als er diese vor ihrer Brust weit öffnete, grinste er gemein.

Nicolette fing an zu schwitzen. Mit weit aufgerissenen Augen starrte sie ihn an und schüttelte stumm den Mund. Sie brachte kein Wort raus.

Als sie sich für eine Ladung empörte Worte gesammelt hatte, schnellte seine Hand vor, und stopfte ihr seinen weißen Schweißlappen in den Mund.

Nicolette konnte es nicht fassen! Panik und Erregung mischten sich in ihr. Verzweifelt versuchte sie, das stinkende, trockene Etwas mit der Zunge aus ihrem Mund zu befördern. Sie würgte und schnaufte dabei, aber schaffte es nicht. Eine neue Welle von Panik überrollte sie. Doch der Kitzel der Überraschung und gespannter Erwartung auf das, was ihm vielleicht noch einfallen würde, war ebenfalls vorhanden und verwirrte sie. Sie hatte nicht gewusst, dass ein solches Szenario sie erregen könnte.

Mit einem gerissenen Grinsen setzte er die Gartenschere an – und durchtrennte in Zeitlupe ihr Bikinioberteil zwischen ihren Brüsten. Ihre Brüste hüpften ans Tageslicht. Der Gärtner umfuhr sie langsam mit dem kalten Metall der Schere und Nicolette hörte auf zu atmen. Erstarrt sah sie zu, wie er die Schere kurz über ihrem Nippel zuschnappen ließ. Sie zuckte zusammen und starrte in seine Augen. Sie waren dunkelbraun und samtig. Sein Blick fordernd und neugierig. Sie stöhnte auf. Sie konnte nicht mehr sagen, ob aus Angst oder Lust. Es kribbelte in ihrem ganzen Körper und Adrenalin tobte noch dazu durch ihre Adern. Ihr Bikinislip wurde nass.

Was für ein irrer Trip mit einem Fremden!

Was, wenn man ihm nicht trauen konnte? Er gehörte nicht zum Team, er konnte sonst was mit ihr machen, und niemand würde die Verantwortung dafür tragen oder sie gar retten kommen.

Sie brummte unverständliche Laute des Protests durch den Schweißlappen, der nach *ihm* roch und sie noch mehr erregte.

Als hätte er ihre Gedanken gehört, und unbeeindruckt von ihrem Protest, ließ er die Schere nun nach unten wandern und durchtrennte das Höschen. Nicolette atmete erleichtert auf, als sich die Schere von ihren Nippeln entfernt hatte. Sie atmete jedoch sofort scharf durch die Nase wieder ein, als sie das kalte Metall zwischen ihren Beinen spürte.

Der Gärtner lachte.

„Warte hier“, sagte er unvermittelt.

Ein Komiker. Sie konnte sich keinen Zentimeter weit bewegen. Gott sei Dank hatte er die Gartenschere fallen lassen. Als er sofort wieder zurückkam, hatte er einen Eimer bei sich.

„Was willst du damit?“, würgte sie durch das Tuch, doch es klang eher nach: „Maff mimff muh mamiff?“

Ein freudiges Lachen lag auf seinen Lippen, als er mit der Hand in die braune Pampe griff. „Das ist der beste Humus, den man für Geld kaufen kann, absolut geil.“

So konnte auch nur ein Gärtner empfinden.

Er zog die Hand mit dem Schmodder aus dem Eimer und schmierte den Mist langsam und genüsslich über Nicolettes rechte Brust. Es würgte sie vor Ekel, aber dann stellte sie fest, dass das Zeug leicht warm war, weich und recht gut zu ertragen. Sie wollte dennoch nicht damit versaut werden und fuhr deshalb fort, an ihren Fesseln zu zerren und sich an der Stange zu winden. Das machte den Kerl an, sie konnte die Beule in seinem Overall sehen.

In aller Seelenruhe schmierte er den Dreck in ihr Gesicht, über ihre Brüste, ihren Bauch und ihre Schenkel und sah sie dabei immer wieder an. Sein Blick war nun dunkel und voller Begehren.

„Du dreckige kleine Schlampe, magst du das? Ich finde es passt zu dir. Dreck zu Dreck."

Trotz seiner barschen Worte konnte sie die Schauer der Erregung nicht verleugnen, die durch ihren Körper jagten.

„Sag mir, dass ich recht habe", verlangte er. „Nicke mit dem Kopf."

Sie nickte, damit er sah, dass sie bereit war, zu gehorchen.

„Braves Mädchen", raunte er, fuhr mit den schmutzigen Fingern durch ihr Gesicht, zog ihr den Lappen aus dem Mund und drückte seine Lippen auf die ihren.

Der Kuss war heiß und fordernd, seine Lippen weich und einladend. Seine Zunge durchforschte ihren Mund und ließ ihre Sinne schwinden. So war sie noch nie geküsst worden, wo hatte er das gelernt? All ihre Nervenenden standen in Flammen. *Sie* stand in Flammen! Erst als sie ihre Arme um ihn schlingen wollte, wurde ihr ihre Situation wieder bewusst. Sie jaulte enttäuscht auf, und hatte eine Sekunde später den Lappen wieder tief in ihrem Mund.

„Klappe halten", sagte er mit einem Grinsen.

Sie nickte folgsam, in der Hoffnung, dass er ihr glaubte und sie von dem schrecklichen Knebel befreien würde. Aber er dachte gar nicht daran.

Er holte eine Gartenschlauchrolle näher heran und drehte das Wasser auf. Der Strahl kam nur leise plätschernd heraus.

Er benetzte ihre Haut mit gerade so viel Wasser, dass er den Dreck zu einem Brei verschmieren konnte. Sie wand sind unter der Massage mit Peelingeffekt vor Lust und stöhnte ungehemmt. Zufrieden bemerkte sie, wie sein Atem immer kürzer und schneller wurde. Sein Schwanz musste kurz vor dem Explodieren stehen.

Spielerisch hob sie das Knie an und rieb damit sanft über die Beule in seiner Hose. Er stöhnte und schloss für einen Moment die Augen, als ob er sich sammeln musste, um nicht unkontrolliert abzuspritzen. Sie lächelte innerlich über ihren kleinen Sieg, zeigte ihre Genugtuung aber nicht, aus der Befürchtung heraus, dass er sie dafür bestrafen würde. Der Sieg sollte ganz seiner sein. Sie versuchte, einen devoten Blick in ihre Augen zu legen.

Als er sich gefasst hatte, glühte sein Blick vor Verlangen. Er nahm den Schlauch und schob ihn ihr zwischen die Beine. Sie klemmte ihn dort ein und genoss den Reiz des fließenden Wassers an ihrer Klit. Der Reiz wurde stärker, erreichte jedoch nicht die Intensität, die sie zum Kommen benötigt hätte. Verzweifelt wand sie sich mit dem Schlauch zwischen den Beinen.

Der Gärtner beobachtete dies fasziniert, öffnete seine Hose und befreite seinen großen Schwanz, der lebhaft zuckte und sich auf seinen Einsatz freute.

„Ja, fick den Schlauch", befahl er gierig.

Er begann, seinen Schwanz zu masturbieren, aber nur ganz langsam, darauf achtend, nicht zu kommen. Immer wieder unterbrach er, warf den Kopf nach hinten und stöhnte. Er musste kurz davor stehen. Diese Tatsache erregte Nicolette so sehr, dass sie es fast geschafft hätte, den Schlauch stark genug zu pressen, um zu kommen. Doch es fehlte noch etwas mehr, um das zu erreichen.

Der Gärtner trat wieder näher und entfernte den Schlauch. Dann spielte er wie gedankenverloren mit dem Schmutz auf ihrem nassen Körper, rieb ihn ein, schmierte ihn von Brust zu Brust und wieder in ihr Gesicht, während er mit der anderen Hand seinen Schwanz immer wieder kurz rieb.

Plötzlich riss er den Lappen wieder aus ihrem Mund und legte ein Tempo vor, das ihr den Atem nahm. Er küsste sie erneut wie eine Woge aus Lust und Feuer, trieb seinen Schwanz zwischen ihre Beine und drang in sie ein – endlich!

Mit einer starken Hand stützte er sie im Rücken, damit sie nicht beide mit der Mistgabel nach hinten kippten, mit der anderen schmierte er den Schmutz über ihre rechte Brust, die bereits vor Empfindungen glühte. Dann glitt die Hand nach hinten, fuhr ihren Rücken hinunter und spaltete ihre Hinterbacken. Der knirschende Dreck unter seinen Fingern rieb ihre Haut, die Hand drückte ihren Anus und spielte damit.

Der harte Ständer vorn in ihrer Muschi, sie stetig rammend, und die Hand an ihrem Hintern, waren zu viel für sie. Sie kam, gewaltig und zitternd, schrie auf und krallte sich hinter ihrem Rücken an der Mistgabel fest, weil dies der einzige Fixpunkt in einer wirbelnden Welt war.

Der Gärtner drückte sich noch näher an ihren Körper, stieß mit seinen letzten ungleichmäßigen Stößen in sie, und als er ruckartig kam, vergrub er sein Gesicht in ihrer Halsbeuge.

Dann ließ er von ihr ab und grinste sie an. Sie rang noch immer nach Atem und wusste auch nicht, wie sie sich ihm gegenüber verhalten sollte. Sie hatte es zwar genossen, doch es hatte sie auch geängstigt und sie war von seiner Eigenmächtigkeit nicht begeistert. Sexspiele waren absolut okay, aber nicht, wenn man sie jemandem aufzwang.

Außerdem nahm sie ihm übel, dass sie außer seinem Schwanz, und den hatte er auch längst wieder weggepackt, nichts von ihm gesehen hatte. Er sah nackt sicher fantastisch aus.

Er band sie los und sie rieb sich die Handgelenke. Die Schnur hatte rote Striemen hinterlassen, aber sie nicht ernsthaft verletzt.

Mit einer anmutigen Bewegung schob Nicolette sich das nasse Haar aus dem Gesicht und versuchte, den Rest ihrer Würde zusammenzukratzen.

„Den kaputten Bikini kannst du behalten“, sagte sie gönnerhaft. „Aber hast du ein Handtuch für mich? So verdreckt und nackt möchte ich nicht ins Schloss marschieren.“

Er verschwand wortlos in der Gartenhütte und holte ihr ein altes, blaues Frotteehandtuch, in das sie sich wickeln konnte.

„Danke“, sagte sie, als sie es entgegen nahm.

„Immer wieder gern zu Diensten“, meinte er grinsend. „Ich hoffe, du bist jetzt zufrieden.“

„Darüber bin ich mir noch nicht so ganz im Klaren. Auf jeden Fall hast du mehr bekommen, als immer nur zuzuschauen.“

„Also, ich fand's geil, und das mit dem Dreck und der Schere … es war nur ein Spiel, ich hoffe du nimmst es nicht persönlich. Du sahst mir nicht danach aus, auf Blümchensex zu stehen“, erklärte er und musterte sie nachdenklich. „Aber wovon sprichst du eigentlich die ganze Zeit?“

Nicolette schnaubte. „Oh, der wortkarge Herr kann tatsächlich auch *reden*. Von deiner kleinen Pause im Gebüsch beim Pool.“

Sein Gesicht war ein einziges Fragezeichen. „Ich war nicht am Pool“, behauptete er. „Ich habe den ganzen Vormittag vor dem Schloss Rasen gemäht, Unkraut gejätet und ein neues Beet angelegt.“

Jetzt war es Nicolette, die ihn perplex anstarrte.

„Oh …“

In diesem Moment kam ein junger Mann um die Ecke. Als er die beiden vor der Hütte stehen sah, schoss heftige Röte in seine Wangen. Verlegen Nicolettes Blick ausweichend, ging er an ihr vorbei in die Hütte. Gleich darauf hörte man ihn darin herumgehen und irgendwelche Schubladen auf- und zuziehen. Als er wieder herauskam, trug er einen großen Korb in den Händen, in dem diverse Kleinwerkzeuge lagen.

„Ich schneide dann mal die Büsche am Tor“, murmelte er, wobei er Nicolette immer noch nicht ansah.

„Ist gut, Kleiner“, meinte sein Chef grinsend. „Danach kannst du Feierabend machen.“

„Okay, Boss.“ Damit eilte der Junge davon.

Nicolette sah ihm mit klopfendem Herzen hinterher. Er trug blaue Arbeitshosen und schwarze Gartenclogs.

*

Nach diesem Abenteuer hatte Nicolette erst mal genug erlebt. Sie suchte ihr Zimmer auf, um sich fürs Mittagessen umzuziehen. Carole lag auf ihrem Bett und schlief, erwachte aber, als Nicolette das Zimmer betrat.

„Und, wie war die Massage?", wollte sie wissen.

Carole gähnte und rekelte sich behaglich. „Angenehm." Sie kuschelte sich zurecht. „Es ist eher eine Streichelbehandlung als eine Massage. Zwei Therapeuten streicheln dich überall, auch zwischen den Beinen." Carole errötete leicht. „Und die Brüste auch. Es ist schon ganz angenehm."

Nicolette nahm neben ihr auf dem Bett Platz und zog Carole in ihre Arme.

„Etwa so?" Neckend kitzelte sie Caroles Nippel, die sich sofort aufrichteten.

Hastig schob sie Nicolettes Finger weg. „Ja, genauso", antwortete Carole, ihre Stimme klang rau. „Und das machen sie eine ganze Stunde mit dir."

„Bist du gekommen?"

Die Röte auf Caroles Stirn und Wangen vertiefte sich. Stumm nickte sie.

„Na, siehst du!" Nicolette stand auf. „Ich sage es ja immer, du bist vollkommen normal. Gerard hat einfach nicht die richtige Masche drauf, um dich zu stimulieren."

„Er sagt, dass es an mir liegt", flüsterte Carole unglücklich. „Ich würde einfach auf nichts reagieren."

„Ach, komm, als hättet ihr schon das Kamasutra rauf und runter probiert!" Nicolette lachte. „Du hast mir selbst gesagt, dass Gerard eigentlich nur ficken will und nichts davon hält, vorher eine Weile nett miteinander rumzumachen. Da käme ich auch nicht auf Touren."

„Du?" Carole lachte auf. „Du bist doch ständig auf Touren."

„Stimmt“, gab Nicolette zu. „Aber trotzdem habe ich es gern, wenn mein Lover und ich erst mal ein paar hübsche Spielchen miteinander spielen, bevor wir so richtig zur Sache kommen.“

Im Flur erklang der Essensgong.

„Mittagessen“, verkündete Nicolette und stand auf. „Komm, wir sollten uns umziehen.“ An der Tür blieb sie noch mal stehen. „Hast du heute noch Therapien?“

Carole schüttelte den Kopf. „Erst wieder morgen früh.“ Sie seufzte leise. „Dr. Benoit meint, dass sie mich nicht überfordern wollen.“

„Okay, dann können wir ja in Ruhe essen.“

Nicolette ging in ihr Zimmer, während Carole auf nackten Füßen unter die Dusche tappte.

Der elegante Speiseraum war zwar voll besetzt, aber die meisten Patientinnen nahmen wie Nicolette und Carole mit einem Salatteller vorlieb. Für ein vollständiges Mittagsmahl war es zu heiß.

Nach dem Essen sollten die Patientinnen ruhen. Allerdings war Carole überhaupt nicht danach zumute. Die Massage hatte ihr Inneres aufgewühlt, sie war nicht in der Lage, ruhig in ihrem Bett liegen zu bleiben. Sie musste raus, musste sich die Unruhe von der Seele laufen.

Bevor sie auf Zehenspitzen aus dem Zimmer lief, sah sie bei Nicolette vorbei, die zu Caroles Erstaunen jedoch das Nest verlassen hatte. Wahrscheinlich hatte sie längst ein lohnendes Objekt der Begierde gefunden, mit dem sie sich die Zeit auf die Art und Weise vertrieb, die ihr nun mal am meisten Spaß machte.

Leise, um nicht aufzufallen, stahl Carole sich aus dem Schloss, huschte kurz darauf durch das kleine Tor neben dem Hauptportal und stand bald darauf auf der Wiese neben dem schmalen Zufahrtsweg.

Eine Weile folgte sie dem Verlauf der Mauer, dann wandte sie sich nach rechts und spazierte immer bergabwärts und unter alten Apfelbäumen in Richtung Westen.

Nach einer Weile hatte sie das Tal erreicht, aber Carole wollte nicht in den Ort. Ihr stand der Sinn nach ein paar ungestörten, ruhigen Stunden. Deshalb wandte sie sich nach links, um einem schmalen Pfand zu folgen.

Plötzlich senkte sich das Gelände erneut, Carole sah hohe Gräser, die nur an Gewässern wuchsen und offenbar einen Bauchlauf einrahmten. Als sie näher kam, hörte sie sanftes Plätschern, das ihre Theorie untermauerte.

Tatsächlich handelte es sich um einen Fluss, der sich durch die Landschaft schlängelte. Nicht breit, wahrscheinlich auch nicht tief, mit träge fließendem Wasser, auf dem sich die Sonne spiegelte.

Carole war fasziniert. Hier hatte sie ein wahres Idyll entdeckt, das Ruhe und Beschaulichkeit ausstrahlte, die sich wohltuend auf ihre gereizten Nerven legten.

Das Wasser war so klar, dass sie die Kieselsteine sehen konnte, die auf dem Grund lagen. Sicher war es angenehm kühl, überlegte Carole, während sie ganz nahe ans Ufer trat. Bei den Temperaturen musste es herrlich sein, hineinzutauchen und eine Weile herumzuplanschen.

Schüchtern sah sie sich um, ob niemand ihr Tun beobachtete, dann schlüpfte sie aus den Flip-Flops, streifte ihr Kleid ab und tauchte vorsichtig den großen Zeh ins Wasser.

„Du kannst ruhig reingehen, das Wasser ist herrlich."

Vor Schreck über die unerwartete Ansprache stieß Carole einen spitzen Schrei aus und fuhr herum. Die Hände schützend vor der Brust gekreuzt starrte sie die junge Frau an, die scheinbar aus dem Nichts hinter ihr aufgetaucht war.

„Ich war heute Morgen schon mal drin", erzählte die Fremde, während sie ungeniert ihre Hotpants und das Trägertop auszog.

Unter der Kleidung trat ein schlanker Körper zutage, die Haut jugendlich straff und mit hübschen Brüsten, auf denen dunkelbraune Warzenhöfe leuchteten.

„Das Wasser war schon in der Frühe toll. Seidig weich wie die Hände einer Geliebten, die dich streichelt. Zier dich nicht, rein mit dir. Es wird dir gefallen."

Schon war die Fremde an Carole vorbei und ins Wasser gelaufen. Sie schlug ein paar Mal mit den Händen ins kühle Nass, sodass es aufspritzte und Millionen Tröpfchen im Sonnenlicht glitzerten, dann ließ sich die Fremde ins Wasser fallen und schwamm mit kraftvollen Zügen davon.

Carole sah ihr unschlüssig hinterher. Waren sie allein hier, oder hockte vielleicht eine Horde Männer in den hohen Gräsern und beobachtete sie? Carole war sich nicht sicher und überlegte bereits, sich wieder anzuziehen und in die Schlossklinik zurückzukehren. Aber dann siegte der plätschernde Lockruf des Flusses und sie warf ihre Bedenken über Bord.

Mit einem kühnen Sprung stürzte Carole sich in die Fluten, um sogleich zufrieden festzustellen, dass die Fremde nicht übertrieben hatte. Das Wasser war herrlich.

Eine Weile schwamm und planschte sie unbeschwert herum, dann sah sie, dass die Fremde auf der anderen Uferseite saß und sie beobachtete. Sie tat es mit solch einer Intensität und Neugierde, dass Carole sich unwohl zu fühlen begann. Rasch stieg sie aus dem Wasser, zerrte das Kleid über ihren noch nassen Körper und trat eilig den Rückweg an.

Die ganze Zeit spürte sie die Blicke der Fremden auf ihrer Haut. Das Gefühl verschwand erst, als sie durch die hohe Grashecke auf die Wiese trat. Seltsamerweise fühlte sie sich zwar einerseits unbehaglich, andererseits hatten die Blicke der Fremden sie auch erregt. Wieso? Was war mit ihr los?

Völlig verwirrt von ihren widerstreitenden Empfindungen spazierte Carole zum Schloss zurück. Sie betrat gerade den Park, da begann ihr Handy zu summen. Als sie die Nummer erkannte, die das Display zeigte, verzog sie unwillkürlich das Gesicht, aber als sie sich meldete, war ihrer Stimme nichts von ihrem Unmut anzuhören.

„Wie weit bist du?“, wollte Gerard wissen. „Bleibst du immer noch kalt und trocken oder haben dich die Ärzte schon so weit hinbekommen, dass du wenigstens ein bisschen Lust empfindest?“

Carole dachte an die Untersuchung bei Dr. Benoit und ihre Gefühle beim Anblick von Nicolettes nacktem Möschen.

„Ich empfinde schon etwas“, antwortete sie deshalb einigermaßen wahrheitsgemäß.

Dass sie bei Dr. Jules Benoit gekommen war, musste Gerard ja nicht unbedingt erfahren. Jedenfalls nicht sofort.

„Schön, dann scheine ich mein gutes Geld ja nicht ganz aus dem Fenster zu werfen“, meinte Gerard zufrieden. „Ich werde am Wochenende kommen und dich schon mal testen.“

„Nein!“, rief Carole erschrocken. „Die Ärzte sagen, dass das nicht gut ist.“

„Quatsch!“ Gerard klang entschlossen. „Ich habe schließlich vor deiner Behandlung mit den Leuten gesprochen. Da hieß es, dass die Partner ruhig zwischendurch zu Besuch kommen sollen. Dann können die Ärzte die Fortschritte prüfen.“

Mist! Carole biss sich auf die Lippen. Sie hatte sich darauf gefreut, Gerard drei Wochen nicht sehen und nicht mit ihm ins Bett gehen zu müssen. Der Gedanke, dass er am Freitagabend auftauchen und seine ehelichen Rechte einfordern würde, ließ ihre Laune umgehend auf den Nullpunkt sinken.

„Ich werde dann so um die Abendessenszeit bei dir sein“, hörte sie Gerard sagen. In ihren Ohren klang es wie eine Drohung. „Und dann schauen wir mal, was du für Fortschritte gemacht hast.“

Verzweifelt kramte Carole in ihrem Hirn nach Argumenten, die ihn davon überzeugen würden, dass es besser war, wenn er zu Hause blieb, aber Gerard verabschiedete sich bereits. Als Carole mit einem lahmen „Salut“ antwortete, hatte er bereits aufgelegt.

Resigniert schob sie das Handy in ihre Kleidertasche zurück und ging zum Schloss. Plötzlich schien sich eine dicke Wolke vor die Sonne geschoben zu haben. Der Tag hatte alles Schöne und Strahlende verloren und war nur noch trist und grau. Sie war einfach noch nicht soweit für Gerard. Sie vermisste ihn zwar, aber nicht seinen Sex.

Am liebsten wäre Carole davongelaufen.

*

Der Gong zum Abendessen riss Nicolette aus dem Schlaf. Sie fuhr hoch. Orientierungslos sah sie sich im Zimmer um, dann erkannte sie allmählich, wo sie sich befand und dass sie weitaus länger geschlafen hatte als gewollt.

Nun gut, schließlich hatte sie Urlaub. Da konnte sie ruhig auch mal einen ganzen Nachmittag vertrödeln. Außerdem wollte sie ausgeruht sein, wenn sie sich heute Abend mit Jules traf. Wer wusste schon, welche Spiele er sich ausgedacht hatte.

Allerdings musste sie ihre Neugierde und Vorfreude noch eine Weile zähmen, denn nach dem Abendessen standen noch ein paar Gesprächstermine auf Jules' Terminkalender, sodass sie sich die Zeit erst einmal mit anderen Dingen vertreiben musste.

Sie hatte schon beim Abendessen bemerkt, dass Carole bedrückt wirkte. Jetzt sprach Nicolette sie direkt auf ihre Depristimmung an, worauf Carole in Tränen ausbrach.

„Ich dachte, ich hätte mal drei Wochen meine Ruhe vor ihm", heulte sie, nachdem sie Nicolette von Gerards bevorstehendem Besuch erzählt hatte. „Versteh mich nicht falsch, ich liebe ihn. Aber das hier sollte meine Zeit sein. Es ist noch zu früh für mich."

„Dann sag docteur Benoit, dass er ihn anrufen und den Besuch verbieten soll", schlug Nicolette vor, aber Carole schüttelte den Kopf.

„Du kennst doch Gerard", meinte sie traurig. „Wenn das passiert, wird er misstrauisch und dann kommt er erst recht angereist. Und dann kann es passieren, dass er die Behandlung abbricht."

„Das kann dir auch so passieren", gab Nicolette zu bedenken, aber Carole ließ sich nicht umstimmen.

„Okay, dann müssen wir eben dafür sorgen, dass er genügend Ablenkung hat", sagte Nicolette schließlich. „Mir wird schon was einfallen." Sie zwinkerte Carole schelmisch zu. „Hier gibt es schließlich genügend Frauen und Spielzeuge, mit denen wir Gerards Aufmerksamkeit erregen können."

„Er will aber mit mir schlafen“, nuschelte Carole deprimiert.

Da sie aber überhaupt keine Idee hatte, wie sie die Situation retten konnte, hörte sie auf zu nörgeln und hoffte darauf, dass ihre erfinderische Freundin Abhilfe schaffen würde.

*

Ziemlich ernüchtert und freudlos ging Carole ins Bett, während Nicolette versuchte, sich die Zeit mit einem Fernsehfilm zu vertreiben. Es war fast elf Uhr, als Jules sie endlich über den Hausanschluss in die Praxisräume rief.

Nicolette gehorchte umgehend. Sie freute sich bereits so sehr auf das Wiedersehen mit Jules, dass ihr Höschen schon vollkommen nass war. Sie konnte nur hoffen, dass er sie nicht allzu lange auf ihren ersten Orgasmus warten ließ. Am besten würde es ihr gefallen, wenn er sofort zur Sache käme.

Jules saß hinter seinem Schreibtisch. Er trug noch seine Arbeitskleidung, einen weißen Leinenanzug, und das Stethoskop hing auf seiner Brust. Seine Blicke taxierten Nicolette, sodass sie sich nackt zu fühlen begann.

„Öffne dein Haar.“ Jules’ Ton ließ jede Wärme vermissen.

Nicolette kam seinem Befehl nach. Ihre Hände tasteten nach der Spange, die ihr langes Haar zusammenhielt. Sie klickte sie auf und die dunkle Flut quoll über ihre Schultern, den Rücken hinab. Mit den Fingern fuhr sie durch die glänzende Pracht, wobei sie Jules nicht aus den Augen ließ.

„Komm her und beug dich vor!“

Nicolette tat wie ihr geheißen. Herausfordernd beugte sie sich über die Schreibtischplatte und gewährte Jules einen tiefen Einblick auf ihre vollen Brüste. Doch er dankte es ihr nicht. Blitzschnell, ehe Nicolette reagieren konnte, schnappte er sich das Lineal, das vor ihm lag, und schlug ihr damit auf die Finger.

„Du bist schamlos!“

Es klatschte laut. Nicolette entfuhr ein unterdrückter Schrei, hastig zog sie die Hände zurück und richtete sich auf.

Jules' Blick hielt den ihren fest, zwang sie, die Lider zu senken.

„Schäm dich." Sein Ton erlaubte keinen Widerspruch. „Deine Eltern haben dich wohl nicht erzogen. Ein anständiges Mädchen zeigt sich nicht so offenherzig irgendwelchen Männern. Ich werde die fehlende Erziehung nachholen müssen, hast du mich verstanden?"

Nicolette wollte aufbegehren – schließlich war sie kein dummes Schaf, das man herumkommandieren konnte, aber nur ein Blick in Jules' eiskalte Augen reichte aus, ihr klarzumachen, dass sie momentan weniger war als ein Nichts.

Seltsamerweise wühlte sein Auftritt eine Welle heißer Erregung in ihr auf. Wie unter Zwang senkte sie den Kopf, duckte sich regelrecht und nickte ergeben.

„Sehr gut." Jules lächelte spöttisch. Langsam, erhob er sich, umrundete den Schreibtisch und blieb vor Nicolette stehen. „Zeig mir deine Unterwäsche", forderte er. „Los, mach schon, zieh die Sachen aus. Ich hab nicht ewig Zeit."

Eilig schlüpfte sie aus dem superkurzen Rock, zerrte das Top über den Kopf und warf alles zu Boden. Nur mit einem sündroten BH und einem farblich passenden Spitzentanga bekleidet stand sie nun vor ihm. Aber ihr Anblick reizte Jules nicht. Im Gegenteil, er runzelte ärgerlich die Stirn.

„Mein Gott, du bist ja noch verdorbener als ich dachte. Schlampenunterwäsche!" Kopfschüttelnd ging er um Nicolette herum. „Und du scheinst dich nicht einmal zu schämen. Meine Güte, da steht mir aber ein hartes Stück Arbeit bevor."

Mit strenger Miene hob er die Hand, aber er schlug sie nicht, wie Nicolette erwartete, sondern begann die Rundungen ihrer Brüste mit den Fingerspitzen nachzuzeichnen und die rosigen Nippel zu reizen, bis sie sich deutlich unter dem dünnen Spitzenstoff abzeichneten.

In dem Moment, in dem sich Nicolette leicht zurücklehnte und genießerisch die Augen schloss, kniff Jules so heftig in ihre rechte Warze, dass sie vor Schmerz aufschrie. Entsetzt starrte sie ihn an.

„Lass das“, befahl Jules streng. „Und hör auf, meine Berührungen zu genießen. Das gehört sich nicht für ein anständiges, gut erzogenes Mädchen.“ Wieder schüttelte er den Kopf. „Du hast wirklich noch viel zu lernen. Aber gut, ich will es auf mich nehmen.“ Er deutete auf den Schreibtisch. „Zieh dein Höschen aus und dann beug dich da drüber.“

Nicolette gehorchte zitternd. Aber es war keine Angst, die sie zittern ließ, sondern Erregung. Das Spiel zwischen Schmerz und Lust war eine Erfahrung, die sie mehr antörnte als alles andere, das sie bisher ausprobiert hatte.

Sie reckte Jules ihren hübschen Po entgegen, was er natürlich sofort als das auffasste, was es sein sollte: eine kecke Provokation. Die Strafe folgte umgehend. Das Lineal sauste klatschend auf die runden Backen und hinterließ einen brennenden Schmerz auf der Haut, der sich bis in ihre Vulva ausbreitete.

Aber Jules ließ Nicolette keine Zeit, sich zu erholen. Schon sauste der nächste Schlag auf sie nieder, und dann noch einer und noch einer, bis Nicolette vor Lustschmerz stöhnte und wimmerte.

Da erst ließ Jules von ihr ab. „Knie nieder“, befahl er.

Eilig gehorchte Nicolette und verharrte reglos in dieser Stellung. Als aber eine ganze Weile nichts passierte, hob sie den Kopf und sah Jules an, der verächtlich auf sie herabblickte.

„Wirst du wohl zu Boden sehen?“, schrie er sie an. „Du bist ein Nichts, hast du das verstanden? Ein Nichts, das keinen Willen, keine Wünsche, keine Rechte, einfach nichts besitzt.“ Er beugte sich herunter, griff in ihr Haar und riss ihren Kopf zurück. „Du wirst nicht mal pinkeln, wenn ich es dir nicht erlaube! Hast du das verstanden?“

„Ja“, flüsterte Nicolette erstickt. „Ja, ich habe verstanden.“

„Gut, dann sprich mir nach.“ Jules ließ sie los und baute sich kerzengerade vor ihr auf. „Ich bin nichts weiter als eine dreckige Fotze.“

„Nein!“ Nicolette wollte aufspringen, aber da sauste das Lineal auf sie nieder, sodass sie mit einem Schrei wieder auf die Knie sank.

„Also?“

Nicolette wischte sich übers Gesicht. „Ich bin nichts als eine dreckige Fotze.“

„Eine dreckige, stinkende Fotze.“

„Eine …“ Sie schluckte, fuhr aber hastig fort. „Eine dreckige, stinkende Fotze.“

„Gut so“, lobte Jules. „Es sieht aus, als hättest du schon ein bisschen was gelernt. Nicht viel, aber immerhin etwas. Gut, gut …“ Er begann wie ein Oberlehrer vor ihr auf und ab zu gehen, „dann beginnen wir gleich mit der zweiten Lektion. Du wirst mich ab sofort mit Gebieter ansprechen.“

Nicolette seufzte leise, aber Jules feinen Ohren entging es nicht.

„Passt dir etwas nicht an meinem Befehl?“ Drohend hob er das Lineal, worauf Nicolette hastig nickte.

„Doch, doch … äh … Gebieter“, versicherte sie. „Ich wollte nur …“

„Du willst?“ Jules maß sie voller Verachtung. „Du hast nichts zu wollen, begreif das endlich! Oder soll ich dich bestrafen?“

„Nein, nein, Gebieter, bitte nicht!“ Nicolette warf sich ihm zu Füßen. „Verzeih, verzeih …“

„Du bist wirklich ein schwieriger Fall“, befand Jules. „Was habe ich dir gesagt? Für eine Schülerin gibt es nur zwei Worte: ‚Gebieter‘ und ‚Ja‘. Ein ‚Nein‘ kommt im Sprachschatz einer Schülerin nicht vor.“

„Ja, Gebieter, verzeiht, dass ich es vergaß.“ Nicolette wand sich geradezu auf dem Fußboden, aber Jules hatte nicht vor, Gnade walten zu lassen.

„Krieche zum Untersuchungsstuhl!“, befahl er barsch. „Auf allen vieren.“

Sie gehorchte. Wie ein Hündchen krabbelte sie über den Teppich zu dem modernen Untersuchungsstuhl und blieb davor hocken.

„Ich muss dich bestrafen, das verstehst du doch?“, fragte Jules.

Nicolette bejahte devot.

„Ich muss es tun, um dich zu einem guten Mädchen zu erziehen“, fuhr Jules fort. „Du siehst, es ist nur zu deinem Besten. Und nun leg dich auf den Sitz und steck deine Beine in die Schlaufen.“

Zitternd gehorchte Nicolette. Angst, Neugierde und Geilheit kämpften in ihr um die Vorherrschaft, während sie sich fragte, was Jules jetzt mit ihr vorhaben mochte. Als er jedoch ihre Handgelenke auch noch fixieren wollte, siegte das Angstgefühl.

„Nicht die Hände“, flehte sie. „Bitte, Jules, ni...“

Ein Hieb mit dem Lineal auf ihre Brüste ließ Nicolette abrupt verstummen.

„Was habe ich dich gerade gelehrt?“, herrschte er sie an und schlug erneut zu, als Nicolette nicht sofort antwortete. Der Schmerz war gigantisch, aber das Singen in ihren Nippeln wanderte von dort direkt in ihre Muschi und ließ ihren Lustsaft strömen. „Du hast nichts zu wünschen!“ Ein neuer Streich sollte Jules’ Lektion intensivieren. „Und du hast mich mit Gebieter anzusprechen.“

Nicolette stöhnte und riss an ihren Fesseln, aber ihre Arme und Beine waren festgezurrt, sie konnte nichts tun, um die Schläge abzuwehren.

Jules bearbeitete ihre Brüste, bis Nicolette glaubte, sie seien zu doppelter Größe angeschwollen. Zwischendurch setzte er immer ein, zwei Hiebe auf ihren Bauch und das nackte Fötzchen, dessen intime Lippen unter den Schlägen aufblühten.

Als er das Lineal endlich sinken ließ, waren Nicolettes Busen, ihr Bauch und ihr Venushügel von glühend roten Striemen überzogen, die höllisch brannten. Aber es war ein Brennen, das ihre Geilheit nur noch mehr anstachelte. Wenn sie gekonnt hätte, hätte sie es sich auf der Stelle selbst gemacht.

„Möchtest du, dass ich dich weiter bestrafe?“, fragte Jules.

„Ja.“ Nicolette hatte ihre Lektion gelernt.

„Nein, ich denke, du hast erst einmal genug.“ Jules löste ihre Fesseln, dann ging er zu der Untersuchungsliege, um sich dort niederzulassen. Das Lineal legte er neben sich. Mit einem zufriedenen Seufzer lehnte er sich zurück, öffnete seinen Hosenschlitz und holte seinen Schwanz heraus.

„Komm her, aber auf allen vieren.“

Nicolette gehorchte. Eilig kletterte sie von dem Stuhl herunter, rutschte demütig zur Liege und blieb in gebührendem Abstand von Jules sitzen.

Seine Finger berührten die empfindliche Spitze seines Gliedes, um es dann provozierend vor Nicolettes Augen zu reiben und die Eichel mit den Fingerspitzen zu kitzeln. Wohl wissend, dass sie sich nach seinem Speer sehnte, rieb er ihn, spielte damit, bis Nicolette zu fürchten begann, dass er kommen würde, ohne dass sie den Genuss eines Orgasmus erlebt hatte.

Doch da winkte Jules sie zu sich und beugte sich zu ihr herunter. Als er seine Hand auf ihre Pforte legte, war sie nass von ihrem Saft.

Jules hob die Hand, hielt sie Nicolette vor das Gesicht und befahl ihr, ihren Saft von seinen Fingern zu lecken.

Sie tat es gründlich, jeden Finger einzeln und zum Schluss den Handteller. Dabei war sie so eifrig, dass sie Jules’ leisen Befehl überhörte, sich ihm zu nähern.

„Komm her!“, befahl er noch einmal und diesmal schwang Ärger in seiner Stimme.

Ängstlich kroch Nicolette näher und empfing eine Ohrfeige, die sie zur Seite warf.

„Ich gebe meine Befehle nur ein Mal, merk dir das!“, herrschte Jules sie an und stellte seinen Fuß auf ihre Wange. Der Absatz drückte sich schmerzhaft in ihre Haut. „Du bist eine miese Schülerin!“

Endlich nahm er den Fuß herunter. Vor Erleichterung schossen Nicolette Tränen in die Augen.

„Ich gebe dir noch genau eine Chance, hörst du?“, sagte Jules, ohne ihren Schmerz zu beachten.

„Ja.“ Nicolette lag noch immer auf der Seite.

„Knie dich zwischen meine Beine und blas mir einen“, befahl Jules. „Aber ich warne dich. Wenn du mir keinen bombastischen Orgasmus verschaffst, fährst du noch heute Nacht nach Hause. Ich will dich dann nie mehr hier sehen.“

Rasch kroch sie auf den Knien zu ihm, aber bevor sie den Kopf zwischen seine Schenkel stecken konnte, hob Jules Einhalt gebietend die Hand.

„Noch eins: Du darfst nicht kommen so lange ich nicht meinen Spaß hatte.“

Nicolette schwor gehorsam, obwohl Jules’ Worte sie in Panik versetzten. Sie war jetzt schon so geil, dass sie jeden Moment kommen konnte. Wie sollte sie sich zurückhalten, wenn sie erst seinen herrlich dicken, steifen Hammer leckte und schmeckte?

Aber Jules duldete keinen Widerspruch. So blieb ihr nichts anderes übrig als ihm zu gehorchen und alles zu versuchen, den nahen Orgasmus zurückzuhalten.

Ihre Möse duftete dermaßen nach Geilheit, dass Jules es riechen konnte. Als sie mit der Zunge über seine Eichel fuhr, stöhnte er leise und spreizte die Beine leicht auseinander, damit sie auch seine Eier kraulen konnte.

„Hol ihn ganz raus“, keuchte er, was Nicolette nur zu gerne tat.

Sie musste sich allerdings ordentlich mühen, um ihm die Leinenhose und den Slip über die Hüften zu zerren, denn Jules half nicht mit.

Endlich saß er mit nacktem Unterleib vor ihr. Sein gewaltiger Schwanz ragte herrschsüchtig zwischen seinen gespreizten Schenkeln auf. Nicolette stülpte ihre Lippen darüber und schob ihn so tief in ihre Mundhöhle, dass die Eichel ihr Zäpfchen berührt hätte, wenn sie nicht etliche Lutscherfahrung gehabt hätte. So sorgte sie dafür, dass die Schwanzspitze gegen ihren Gaumen stieß, was Jules zusätzliche Freude bescherte.

Nachdem sie ihn zuerst auf diese Weise erfreut hatte, ließ sie seinen Schwanz ein wenig aus ihrem Mund gleiten und begann, mit der Zungenspitze über seine Eichel zu streichen und darauf zu tupfen, während sie ihn weiter lutschte, als wäre sein Riemen eine dicke Zuckerstange.

Mit der freien Hand kraulte sie seine Eier, kniff sanft hinein und strich mit dem Zeigefinger den Damm entlang, bis zu seinem Anus.

Jules rutschte ein Stück vor, damit sie sein Loch kitzeln konnte. Rasch befeuchtete Nicolette ihren Finger mit Speichel, dann blies sie wieder kräftig den geilen Schwanz, kitzelte die Eichel und schob gleichzeitig ihren Finger in Jules' Anus, um ihn darin hin und her, rauf und runter zu schieben.

Jules stöhnte vor Behagen. Seine Hände hatten Nicolettes Kopf umfasst und gaben so den Rhythmus vor, in dem sie ihn lutschen sollte.

Langsam spürte sie das Herannahen seines Orgasmus. In ihrem Möschen war inzwischen ebenfalls der Teufel los.

Jules' Schwanz streckte sich in ihrem Mund, im nächsten Moment schoss eine Ladung heißen Samens in ihren Rachen. Nicolette schluckte, lutschte, schluckte wieder, während der Penis in ihr zuckte und Jules stöhnte und wimmerte.

Endlich spuckte sein Lümmel den letzten Tropfen auf ihre Zunge. Um Lob bettelnd sah sie Jules an, aber der kämpfte noch mit seiner abebbenden Erregung.

Endlich öffnete er die Augen und lächelte sie an. „Das war gut", lobte er. „Komm her, meine Geliebte."

Zärtlich hob er sie auf seine Knie, nahm seinen noch immer halb steifen Penis in die Hand und kitzelte damit Nicolettes Klit, bis auch sie die süßen Qualen eines Höhepunkts erlitt.

Ihr Keuchen erweckte Jules' Schwanz zu neuem Leben, sodass Jules Nicolette nun auf sich heben und sie mit seinem Speer pfählen konnte. Im nächsten Moment legten sie einen Ritt hin, dass die Liege quietschte und knarrte.

Diesmal kamen sie gemeinsam. Jules stöhnend und am ganzen Leib zitternd, Nicolette keuchend und wimmernd, als würde sie die fürchterlichsten Schmerzen erleiden. Danach fielen sie auf das Lederpolster nieder und blieben eng umschlungen liegen.

Jules regte sich zuerst.

„Puh!" Vorsichtig zog er seinen Arm unter ihrem Körper zurück. „Das war ein granatenheißer Ritt." Er drehte Nicolette sein Gesicht zu und lächelte zärtlich. „Du bist perfekt. Ein Naturtalent. Am liebsten würde ich dich gleich noch einmal vernaschen, aber leider hast du mich derart ausgelaugt, dass ich nicht mal den kleinen Finger steif halten kann."

Nicolette lachte leise und kuschelte sich an ihn. „Dann solltest du zusehen, dass du endlich zum Schlafen kommst", riet sie ihm in neckendem Tonfall. „Morgen bin ich wieder mit Wünschen dran und ich hab schon eine Idee, die uns gefallen, aber auch ganz schön anstrengen wird."

In Jules' Augen begann es zu glitzern. „Was hast du vor?"

Nicolette schüttelte den Kopf. „Das verrate ich nicht." Sie küsste ihn auf die Nasenspitze. „Du wirst deine Neugierde zügeln müssen, bis wir uns treffen."

„Miststück." Jules biss ihr in die Lippe, aber es war kein schmerzhafter Biss, sondern als Liebkosung gedacht. Dann richtete er sich auf. „Los, Süße, schwing deinen supergeilen Hintern von der Liege. Wir müssen beide ins Bett."

Mit einer geschmeidigen Bewegung stand Nicolette auf, schlüpfte in ihre Kleider und wartete, bis auch Jules seine Kleider geordnet hatte. Dann löschten sie die Lichter und verließen Hand in Hand die Praxisräume.

*

Nicolette schien sich zur Langschläferin zu entwickeln. Auch an diesem Morgen lag sie wieder ausgestreckt auf ihrem Bett und schnarchte leise vor sich hin. Lautlos schloss Carole die Verbindungstür und ging ins Bad, um sich für den neuen Tag zurechtzumachen.

Heute stand als erster Punkt ein Gruppengespräch auf dem Therapieplan. Als Carole sich nach dem Frühstück in dem entsprechenden Raum einfand, sah sie sich zehn jungen Frauen gegenüber, die sie neugierig musterten.

Die Stühle waren, wie bei solchen Therapiegesprächen üblich, im Kreis aufgestellt, damit man sich in die Augen schauen konnte. Die Moderatorin, eine mütterlich wirkende Endvierzigerin, nickte Carole freundlich zu und bedeutete ihr mit einer einladenden Handbewegung, neben ihr Platz zu nehmen.

Zunächst mussten sich alle vorstellen und sagen, weshalb sie sich in Behandlung befanden. Dabei erfuhr Carole, dass die meisten unter ähnlichen Problemen litten wie sie. Nur zwei junge Damen, eine schmale, fast kindlich wirkende Brünette und eine kräftig gebaute Blonde behaupteten, sexsüchtig zu sein.

„Ich könnte zehnmal am Tag und mehr", verkündete die Blonde, die sich als Catherine vorgestellt hatte. „Mein Mann traut sich deswegen schon kaum mehr nach Hause. Und weil er sich verdrückt und ich so unter Dampf stehe, habe ich eben nacheinander den Postboten, den Stromableser, diverse Handwerker und ein paar Typen, die mir gerade über den Weg gelaufen sind, vernascht. Als er mich beim letzten Betriebsfest mit drei seiner Kollegen auf der Toilette erwischte, hat er darauf bestanden, dass ich eine Therapie mache. Ansonsten wollte er sich scheiden lassen."

„Oh, wow!" Eine Rothaarige namens Marie mit unzähligen Sommersprossen auf den Wangen sah die Blonde aus großen Augen an. „Mein Freund würde Luftsprünge machen, wenn ich nur halb so sexhungrig werden könnte."

„Nur die ersten drei Tage", sagte Lydia, die kindhafte Brünette ernst. „Dann würde er genauso flüchten wie Catherines Mann."

„Hat sich deine übersteigerte Lust durch die Therapien inzwischen etwas normalisiert?", wollte die Moderatorin wissen, die sich als Natasha vorgestellt hatte.

Catherine schüttelte den Kopf, das Ergebnis schien sie jedoch nicht zu betrüben, denn sie lachte fröhlich. „Nicht die Spur." Sie begann, sich auf dem Stuhl hin und her zu bewegen. „Gerade durch das Tragen der Lustkugeln bin ich nicht nur andauernd geil, sondern ich habe jede Menge Orgasmen."

„Dann solltest du dir eventuell ein Paar kaufen", schlug Sophie vor, die wegen ihrer angeblichen Frigidität hier war. „Dann müssen die Männer in deiner Umgebung wenigstens keine Angst mehr haben und du überforderst dein Ehegespons nicht und bleibst ihm treu."

„Genau das habe ich auch schon überlegt", gab Catherine zu. „Mit ein paar Vibratoren und den Kugeln käme ich sicherlich super zurecht."

„Nun wollen wir nicht gleich aufgeben", mahnte Natasha. „Zunächst versuchen wir erst noch ein paar andere Methoden. Ich denke, Hypnose könnte vielleicht helfen."

„Okay."

Catherine war anscheinend ein völlig unkomplizierter Charakter, der nicht lange über eine Sache diskutiert, die unabdingbar erscheint.

Nach und nach sprachen nun auch die anderen Teilnehmerinnen en détail über ihre Probleme und Therapieerfolge oder Misserfolge. Carole hörte zwar interessiert zu, teilweise wunderte sie sich darüber, wie ausführlich die Frauen über ihr Sexualleben sprachen. Die Vorstellung, selbst über ihre sexuellen Vorlieben und Abneigungen sprechen zu müssen, trieb ihr den Angstschweiß auf die Stirn.

Allerdings waren ihre Ängste völlig unbegründet, wie sie am Schluss der zweistündigen Sitzung erfuhr.

„Deine Geschichte sollst du erst erzählen, wenn du dazu bereit bist", erklärte ihr Natasha mit einem freundlichen Lächeln. „Schließlich bist du noch neu in der Gruppe. Wenn du uns besser kennst und vertraust, wirst du von selbst über deine Probleme sprechen wollen."

Erleichtert verließ Carole die Runde und kehrte auf ihr Zimmer zurück, um nach Nicolette zu sehen, aber die war inzwischen ausgeflogen. Enttäuscht überlegte Carole, womit sie sich die Zeit bis zum Mittagessen vertreiben konnte. Da kam ihr das hübsche Flüsschen in Erinnerung, in dem sie gestern geschwommen war. Kurz entschlossen packte sie ihre

Badesachen, meldete sich bei Schwester Agnes ab und verließ die Klinik.

*

Heute standen keine weiteren Termine auf ihrem Plan, Carole konnte also den Rest des Tages nach Belieben verbringen. Eigentlich hatte sie gehofft, mit Nicolette eine Spazierfahrt unternehmen zu können, um die Umgebung kennenzulernen. Aber das konnten sie ja auch noch am Nachmittag tun. Jetzt wollte sie nur in Ruhe schwimmen, danach ein bisschen am Ufer dösen und dem Plätschern der Wellen zuhören.

Als sich das Gelände dem Fluss zuneigte und die hohen Grasbüschel sichtbar wurden, beschleunigte Carole ihre Schritte. Sie konnte es jetzt kaum mehr erwarten, endlich ins kühle Nass einzutauchen.

Das Thermometer im Park hatte fünfunddreißig Grad angezeigt. Kein Wunder, dass ihr der Schweiß in Strömen über den Körper rann. Ihr Bikini, den sie unter dem Top und der Shorts trug, war bereits durchweicht.

Am Wasser angekommen, warf sie die Tasche in den Sand, streifte eilig die Kleidung ab und watete genüsslich ins Wasser.

Ah, das tat gut! Wie hatte die Fremde gestern gesagt? Wie die seidig zarten Hände einer Geliebten, die dich streicheln, oder so ähnlich. Auf jeden Fall stimmte der Vergleich, Carole kam sich vor, als würde sie von kühlen Händen oder Seide liebkost.

Sie schwamm ein paar Meter flussaufwärts, drehte sich auf den Rücken und ließ sich träge vom Fluss zurücktreiben.

Als sie sich wieder umdrehte, um zum Ufer zurückzuschwimmen, entdeckte sie die Fremde, die am Rand des Flusses stand und zu ihr herübersah. Mit der Linken schützte die Frau ihre Augen vor dem gleißenden Sonnenlicht, das den Fluss wie ein Silberband funkeln ließ.

Carole überlegte, ob sie so tun sollte, als hätte sie die Frau nicht bemerkt und einfach noch ein Stück flussabwärts weiterschwimmen, doch das schien ihr irgendwie albern. Ohne Hast schwamm sie zum Ufer, stieg aus dem Wasser und streifte sich die Tropfen vom Körper.

„Hallo." Die Fremde lächelte ihr entgegen. „Hatte ich nicht recht? Das Wasser ist herrlich, nicht wahr?"

„Ja." Carole bückte sich nach ihrem Handtuch. „Heute ist es sogar noch schöner als gestern."

Die Fremde sah den Fluss hinauf. „Ich bin gerne hier." Ihre Stimme hatte einen angenehm dunklen Klang. „Es ist friedlich, beruhigend."

Ihr Blick war auf das Wasser gerichtet, doch im nächsten Moment schnellte sie so abrupt herum, dass Carole erschreckt zurücktrat.

„Ich heiße übrigens Juliette." Lächelnd streckte die Fremde ihr die Hand entgegen. „Ich wohne ein Stück flussabwärts direkt am Wasser. Und du?" Sie musterte Carole ungeniert. „Bist du als Patientin in dieser Schlossklinik da oben auf dem Berg oder machst du hier Urlaub?"

„Nein, ich bin Patientin." Schüchtern ergriff Carole die ausgestreckte Rechte. „Ich heiße Carole Delors."

„Ich nenne dich Caro", beschloss Juliette und betrachtete sie eingehend. „Sag mal, hast du dir diesen Bikini selber ausgesucht?"

Carole errötete unter dem Blick. „Nein, mein … äh … Mann." Betreten sah sie an sich herunter. „Er mag es nicht, wenn ich meinen Körper in der Öffentlichkeit zu sehr zeige."

„Ach du heiliger Strohsack!" Juliette schlug in komischer Bestürzung die Hände über dem Kopf zusammen, lachte aber gleich darauf. „Dann ist das wohl auch einer von diesen Kerlen, die ihre Frauen dauernd an der Kandare halten wollen. Wieso lasst ihr euch so was gefallen?"

„Oh, nein, nein!" Ihre prüde Erziehung zwang Carole geradezu, Gerard zu verteidigen. „Mein Mann ist eigentlich sehr nett. Er liebt mich, deshalb will er mich beschützen."

„Quatsch!" Juliette schüttelte den Kopf mit den kurzen, schwarzen Haaren. „Er will dich ducken und klein halten. Sicher gibt er dir auch die Schuld daran, dass es bei euch im

Bett nicht klappt. Mann, wie ich diese Typen gefressen habe!“

„Wie kommst du darauf, dass es bei uns nicht klappt?“, entfuhr es Carole entrüstet.

Juliette lachte. „Weshalb bist du denn sonst in der Klinik? Wie eine Nymphomanin siehst du nicht aus.“

Carole errötete so heftig, dass ihre Wangen leuchteten. Juliette nahm es als Eingeständnis.

„Er bringt es nicht – und du bist schuld“, stellte sie mit einer Nüchternheit fest, die Carole buchstäblich die Sprache verschlug. „Leckt er dich manchmal?“

Bei dieser unverblümten Frage klappte Carole die Kinnlade herunter. Fassungslos starrte sie Juliette an, die ihren Blick gelassen erwiderte.

„Na, los, sag schon: Leckt er dich?“

Wie unter Zwang schüttelte Carole den Kopf.

„Siehst du.“ Juliette nickte. „Ich wette mit dir, dass dein Kerl nur eins will, nämlich schnell zum Schuss kommen. Und du sollst dabei stöhnen und so tun, als würde er dir bei seiner Hasennummer auch noch multiple Orgasmen bescheren.“

Jetzt war Carole so baff, dass ihr die Knie einsackten. Sie ließ sich in den Sand plumpsen und starrte erschüttert auf ihre nackten Füße.

Juliette bückte sich, packte Caroles Hand und zog sie wieder hoch. Trotz ihrer Verblüffung registrierte Carole, dass die neue Bekannte erstaunlich kräftig war. Ihr Griff hatte fast etwas Männliches.

„Komm.“

Ehe Carole wusste, wie ihr geschah, hatte Juliette sich schon gebückt und ihre Sachen eingesammelt. Mit energischem Schwung warf sie sich anschließend den Riemen der Tasche über die Schulter, nahm Carole an der Hand und zog sie mit sich.

Als Carole die Sprache wiederfand, standen sie praktisch schon vor Juliettes Haus. Dabei handelte es sich um eine elegante Jugendstilvilla, die von einem gepflegten Park umgeben mitten auf einem grünen Hügel thronte.

Das Parkgelände war eben, fiel aber zum Fluss hin ab. Schneeweiße Steinstufen führten zum Park hinauf und mündeten in einen mit ebenfalls weißem Kies belegten Weg, der auf eine Terrasse zulief.

Carole bekam angesichts des luxuriösen Gebäudes den Mund nicht mehr zu. Solche Villen kannte sie nur von heimlichen Blicken über Mauern oder aus dem Fernsehen. Dass sie selbst einmal so ein Haus betreten würde, hatte sie sich nicht vorstellen können.

Aber nun stand sie in einem riesigen Wohnzimmer, ausgestattet mit eleganten Designermöbeln, Skulpturen und Gemälden, bei denen es sich ganz bestimmt nicht um Billigkopien aus dem Supermarkt handelte.

Vor lauter Staunen bemerkte Carole kaum, dass Juliette sie neben sich auf den Teppich zog. Erst als Juliette sie in die Arme nahm und küsste, erwachte Carole aus ihrem tranceartigen Zustand. Erschreckt über die ungewohnte Intimität wollte Carole die neue Bekannte wegstoßen, doch da wurde die Tür geöffnet und Juliette ließ sie los.

Eine junge Dienerin, bekleidet mit in einer hautengen schwarzen Hose und einem ebenfalls schwarzen, Pailletten bestickten BH, betrat den Salon. In den Händen hielt sie ein Tablett mit Gläsern, einer Flasche Champagner, einer Schale Sahne und einer große Schüssel Erdbeeren.

„Jetzt werde ich dir zeigen, wie man eine Frau richtig verwöhnt“, flüsterte Juliette in Caroles Ohr und küsste sie erneut. „Magst du Erdbeeren?“ Auf ihr Nicken hin begann Juliette, sie mit den gesüßten Früchten zu füttern.

Als sie nach dem Verschluss ihres Bikinis tastete und versuchte, ihn aufzuhaken, erwachte Carole aus ihrer Verträumtheit.

„Nein!“ Energisch stieß sie Juliettes Finger weg. „Nicht!“

„Warum nicht?“ Erstaunt blickte Juliette sie an. Unter diesem Blick errötete Carole bis an den Haaransatz.

„Ich bin keine Lesbe.“

Juliette stutzte, dann begann sie zu lachen. „Na und?“ Mit einem geschickten Griff schnippte sie den Bikini auf und streifte das Top von Caroles Schultern. „Was macht das für einen Unterschied? Liebe kennt keine Grenzen oder Tabus. Und du bist schön.“

Ihre Hand umfasste Caroles kleine, runde Brust. „Wunderschön sogar“, flüsterte Juliette heiser. Dabei reizte sie mit den Fingernägeln Caroles Nippel. „Du hast eine Haut wie Rosenblätter und dein Busen erinnert mich an die Früchte des Paradieses. Und das hier …“ Damit legte sie ihre andere Hand auf Caroles Venushügel. „Ist der Eingang zum siebten Himmel.“

Im nächsten Moment hatte Juliette sie gepackt, hochgehoben und auf den Couchtisch gesetzt.

„Entspann dich und vertrau mir“, flüsterte die merkwürdige Geliebte. „Ich werde nichts tun, was dir nicht gefällt.“

Das war leichter gesagt als getan. Als Juliette mit einem Ruck Shorts und Bikinihöschen von Caroles Hüften zog, verkrampfte sie sich als fürchte sie, Juliette wolle ihr etwas ganz und gar Fürchterliches antun.

Beruhigend streichelte Juliette mit den Fingerspitzen Caroles nackte Schenkel. „Es ist alles gut.“

„Das behauptest du“, versuchte Carole zu scherzen. „Aber wie erkläre ich das später meinem Mann?“

„Dein Mann?“ Auf Juliettes Züge trat ein geringschätziger Ausdruck. „Der ist ein Idiot.“ Schnurrend wie eine Katze schmiegte sie sich zwischen Caroles Beine. „Er weiß gar nicht, was wahre Lust bedeutet oder was es heißt, in Ekstase zu geraten, weil er weder Fantasie noch Liebe in sich trägt.“

„Woher willst du das wissen?“ Staunend sah Carole ihre Geliebte an. Diese stieß ein rau klingendes Lachen aus.

„Ich muss dir nur in die Augen sehen, dann weiß ich, was mit deinem Mann los ist.“ Sie nahm eine Erdbeere zwischen ihre Zähne und legte sie auf Caroles Lippen. „Vergiss ihn und genieße lieber das Verwöhnprogramm, das ich mir für dich ausgedacht habe.“

Damit küsste sie die Frucht von Caroles Lippen, aber nur, um sie gleich darauf mit der Zunge in Caroles Mund zu schieben. Zunächst noch verlegen, dann aber mit wachsender Lust, schmeckte Carole diesen Kuss, der sich mit der Süße der Beere vermischte.

Nur undeutlich wurde sie sich ihrer Nacktheit bewusst. Ihre geheimnisvolle Geliebte richtete sich zwischen ihren Schenkeln auf und zwang sie mit zärtlichem Nachdruck, sich ganz für sie zu öffnen.

Die Dienerin kehrte zurück. Caroles erschreckter Aufschrei wurde unter der Liebkosung ihrer Geliebten erstickt, die ihr nun eine der süßen Beeren zwischen die intimen Lippen und in ihre feuchte Öffnung schob. Anschließend begann sie, die Beere vorsichtig wieder herauszulutschen.

Die Dienerin trat hinzu. Sie war groß, ihr kurz geschnittenes Haar lag wie eine schwarze Kappe um ihren Kopf, in ihrem weißen Gesicht leuchtete der knallrot geschminkte Mund wie eine offene Wunde.

Carole erinnerte ihr Aussehen an das einer Schauspielerin oder Tänzerin aus den wilden Zwanzigerjahren. Die junge Dienerin war genauso schlank und auffällig geschminkt wie die Damen dieser Epoche. Auch der nachtschwarze BH mit den glitzernden Pailletten passte dazu. Nur, dass ihre Brüste um einiges üppiger waren, als die Mode es damals erlaubte. Und die Lederhose hatte sie inzwischen gegen einen schwarzen Latexslip getauscht.

Erstaunt über ihre eigene Lüsternheit genoss Carole das Spiel der Zunge in ihrer intimsten Öffnung, während sie zugleich erlaubte, dass sich die Dienerin über ihre Brüste beugte und begann, sie mit der Zunge und ihren kundigen Fingern zu verwöhnen.

Das machte so viel Spaß, dass Carole begann, sich lustvoll unter den Frauen zu winden. Ihre linke Hand tastete nach dem Latexslip der Dienerin. Im nächsten Moment stieß sie einen erneuten Schrei aus. Verdattert starrte sie auf den erigierten Penis, der sich deutlich unter dem Latexmaterial beulte.

„Es ist alles gut“, versicherte Juliette rasch. „Lavinia ist ein Hermaphrodit. Du glaubst gar nicht, wie abwechslungsreich sich das Leben mit ihr gestaltet.“

„Ein – was?“

„Hermaphrodit.“ Die Dienerin lächelte hintergründig. „Mich kann man beidseitig bespielen.“

„Aber …“ Langsam wandte Carole den Kopf und sah Juliette an. „Du etwa auch?“

„Nein. Ich bin eine Frau, die Männer, Frauen und das dritte Geschlecht liebt.“ Sie zwinkerte Carole vergnügt zu. „Ich brauche nun mal die Abwechslung.“

Carole musste erst mal tief durchatmen, um sich von ihrem Schock zu erholen. Bisher war sie immer auf den gut ausgetretenen Pfaden bürgerlicher Anständigkeit gewandelt. Der Aufenthalt in der Schlossklinik hatte das Gewohnte gründlich durcheinandergewirbelt. Caroles Welt stand buchstäblich auf dem Kopf und sie bekam Angst, den Halt zu verlieren.

Die Frauen vertrieben diese Angst jedoch mit ihren Zärtlichkeiten. Als Juliette in das Sahneschälchen griff und die schaumige Masse auf Caroles Fötzchen und dem Schamhügel verteilte, vergaß sie ihre Vorbehalte.

Mit einem wohligen Stöhnen sank sie zurück und spreizte die Beine weit auseinander, damit Juliettes Zunge jeden noch so verborgenen Winkel ihres Körpers liebkosen konnte.

Die Dienerin nahm indessen Caroles Hand und führte sie zu ihrem erigierten Glied. Ohne nachzudenken, begann Carole es zu reiben, während ihre Geliebte sie erneut mit Erdbeeren füllte, um diese dann aus ihrer feuchten Höhle zu saugen.

Begierde und süße Lust loderten in ihr, immer heißer, immer drängender, bis sie glaubte, vor Leidenschaft zu vergehen. Da endlich schob ihre fantasievolle Geliebte die Finger tief in sie hinein und begann, sie mit quälender Langsamkeit in ihr zu bewegen, während die Dienerin zärtlich Caroles Brüste streichelte und die harten Nippel zwischen Daumen und Zeigefinger rieb.

Carole begann, vor Lust zu stöhnen. In ihrem Mund spürte sie den süßen Geschmack einer Erdbeere, während ihre Brüste vor Prickeln kribbelten. Die Dienerin hatte sie mit Erdbeeren belegt, die sie nun eine nach der anderen herunternaschte, wobei sie immer wieder spielerisch in die harten Nippel biss, daran saugte und knabberte, bis Carole glaubte, vor Lust vergehen zu müssen.

Endlich spürte sie den wunderbaren Quell, die Hitze, die in ihrem Inneren entstand, um dann sprudelnd und überschäumend aufzusteigen und letztlich in einer einzigen Welle zu explodieren.

Ihre Geliebte stöhnte, als sich Caroles Muskeln verkrampften und ihre Finger gefangen nahmen. Caroles heiße Muschel schien die Finger regelrecht aussaugen zu wollen.

Um sich selbst ebenfalls Erleichterung zu verschaffen, legte Juliette ihre freie Hand auf ihre Vulva und begann, die feuchten Lippen und die harte Klit zu massieren, bis sich auch in ihrem Unterleib die ersten Vorboten eines Orgasmus zusammenbrauten.

Aufseufzend sank sie schließlich über Carole und küsste sie. Die Dienerin stand währenddessen geduldig abwartend neben dem Paar.

Endlich richtete sich Juliette auf. Sie griff nach Lavinias erigiertem Glied, führte es an Caroles noch immer harte Brustwarzen und begann, diese wechselweise mit der heißen Eichel zu streicheln, bis die Lust aufs Neue in Carole erwachte.

Seufzend sah sie zu, wie ihre Geliebte begann, das Glied zu reiben, wobei die Spitze jedes Mal gegen den Nippel stieß. Schließlich umfasste Juliette Caroles schwellende Brust und begann, mit der harten, steil aufgerichteten Warze die Eichel der Dienerin zu kitzeln, während sie gleichzeitig deren Schaft rieb.

Plötzlich reckte sich das stolze Glied, weißer Samen spritzte auf Caroles Brüste, einmal, zweimal, dreimal, während die Dienerin lustvoll stöhnte.

Danach verließ diese den Salon so geräuschlos, wie sie gekommen war.

Juliette begann nun, die Erdbeeren in den sahnigen Schaum der Dienerin zu tauchen und Carole damit zu füttern. Bisher hatte sie sich immer davor geekelt, den Saft eines Mannes zu schlucken. Doch hier bereitete es ihr pures Vergnügen.

Während sie die sahnigen Erdbeeren naschte, küsste ihre Geliebte sie zum zweiten Orgasmus, sodass Carole sich vor Lust wimmernd unter ihr wand. Danach streichelte sie auch Juliette zum Höhepunkt, wobei diese sie zwischendurch immer wieder mit süßen Erdbeeren fütterte.

Als sie kam, schlürfte Carole Juliettes heißen Lustsaft aus ihrer zuckenden, heißen Möse. Der Geschmack vermischte sich in ihrem Mund mit dem der Erdbeeren. Ein einmaliger Genuss, von dem Carole gar nicht genug kriegen konnte. Immer wieder leckte und saugte sie die feuchte Grotte aus, bis sich Juliette ermattet zurückzog. Danach lagen sie ineinander verschlungen auf dem Tisch und genossen die intime Nähe.

„Und glaubst du immer noch, dass du langweilig, frigide oder sonst irgendwie gestört bist?“, fragte Juliette neckend, als sie wieder zu Atem gekommen war.

Erstaunt lauschte Carole in sich hinein. Es war das zweite Mal, dass sie vor Lust gewimmert hatte und zum Höhepunkt gekommen war. Und das nicht nur einmal, sondern mehrmals! Seltsam, bei Gerard empfand sie nichts, und zu einem Orgasmus kam sie schon gar nicht.

„Er bringt dich nicht dazu“, sagte Juliette leise, als hätte sie Caroles Gedanken gelesen. „Du solltest ihn ins Bordell schicken oder ihm eine Gummipuppe kaufen und dir deine Lust woanders holen.“

„Das wird Gerard niemals zulassen!“, rief Carole entsetzt.

Juliette winkte ab. „Männer, die es nicht bringen, haben einer Frau nichts zu erlauben oder zu verbieten.“ Sie richtete sich auf und sah Carole intensiv in die Augen. „Es wird höchste Zeit, dass du dich freimachst und aufhörst, das brave Frauchen zu spielen. Du schleppst einen Ballast mit dir herum, der dich nicht nur hemmt, sondern total runterzieht. Du bist schließlich eine eigenständige Person.“

Carole antwortete nicht. Wie ein Häufchen Unglück hockte sie auf dem Tisch und nagte sich vor angestrengtem Denken die Unterlippe wund.

Als Juliette die Blutstropfen über Caroles Kinn laufen sah, beugte sie sich rasch vor und küsste sie fort.

„Lavinia und ich helfen dir dabei", versprach sie leise, um Carole dann erneut voller Zärtlichkeit zu küssen. „Du wirst sehen, das Leben kann herrlich sein, wenn man erst mal diesen ganzen bürgerlichen Unsinn hinter sich gelassen hat."

„Glaubst du?" Voller Skepsis blickte Carole ihre Geliebte an. Diese stieß ein kleines, kehliges Lachen aus, das an das Gurren einer Taube erinnerte.

„Ich weiß es, meine Süße", flüsterte Juliette beschwörend. Im nächsten Moment sprang sie vom Tisch und zog Carole auf die Füße. „Und jetzt lass uns etwas essen gehen. Ich habe einen Mordshunger."

„Essen?" Caroles Blicke flogen zur Uhr in der stylishen Regalwand. Als sie die digitale Anzeige sah, zuckte sie zusammen. „Ich muss in die Klinik zurück."

„Hast du dich nicht abgemeldet?", spottete Juliette, aber Carole nahm die Frage ernst.

„Doch, aber ich habe gesagt, dass ich zum Abendessen wieder da bin." Hektisch begann sie, ihre Sachen zusammenzusammeln. „Wenn ich nicht da bin, macht meine Freundin einen solchen Aufstand, dass die Klinik einen Suchtrupp losschickt, nur um sie zur Ruhe zu bringen."

„Oh, du hast eine Freundin?" Interesse glitzerte in Juliettes Augen. „Von der musst du mir mehr erzählen."

„Wir sind kein Paar", beeilte Carole sich zu versichern. „Und ich habe auch noch nie mit ihr geschlafen, falls du darauf anspielst. Wir sind nichts weiter als Freundinnen, okay?"

„Okay, okay!" Juliette hob hastig die Hände, als würde Carole mit einer geladenen Waffe vor ihr stehen, lachte aber dabei. „Dass du noch nie was mit einer Frau hattest, habe ich schon gemerkt." Sie wandte sich um. „Zieh dich an, ich fahre dich zum Schloss."

Damit lief sie, nackt, wie sie auf die Welt gekommen war, aus dem Zimmer und ließ Carole mit ihren konfusen Gedanken allein.

*

Als Juliette kurze Zeit später zurückkehrte, trug sie eine hautenge Lederkombi und Motorradstiefel. Unter den Armen klemmte jeweils ein Helm. Carole legte bei diesem Anblick unwillkürlich die Stirn in Falten.

„Wir fahren mit dem Motorrad?" Ihre Stimme hatte einen derart ängstlichen Klang, dass Juliette ungeduldig abwinkte.

„Meine Güte, du bist wirklich ein Häschen." Sie trat zu Carole und stülpte ihr den Helm über den Kopf. „Keine Angst, ich fahre schon seit zehn Jahren und mache jedes Jahr ein Sicherheitstraining mit. Los, raff deinen Mut zusammen. Du wirst sehen, es wird dir Spaß machen."

Davon war Carole zwar ganz und gar nicht überzeugt, aber sie wagte nicht, Juliette zu widersprechen, um deren Spott nicht noch mehr herauszufordern. Also folgte sie ihr aus der Villa ins Freie und stand gleich darauf vor einer großen, schwarz lackierten Maschine, die in der Abendsonne funkelte.

Juliette stieg auf, bedeutete Carole auf dem Sozius Platz zunehmen, dann startete sie den Motor mit einem energischen Tritt. Ängstlich klammerte Carole sich an Juliette, während diese die schwere BMW wendete und dann die Auffahrt hinunter zur Straße rollen ließ.

Als sie Gas gab, schien die ganze Karosserie zu beben. Die Vibrationen übertrugen sich auf Caroles Körper, weshalb sie sich noch fester an Juliette klammerte. Aber als sie ein paar Kilometer gefahren waren, begann Carole tatsächlich Spaß an der Tour zu bekommen.

Es war herrlich, so dahinzusausen, vorbei an Feldern und Wiesen und durch ein Waldstück, in dem es deutlich kühler war als auf dem freien Land. Und auch die Gerüche wechselten. Carole roch den Duft frisch gemähten Grases, dann wieder den würzig feuchten Geruch des Waldes, und gleich darauf den der riesigen Heuräder, die auf abgeernteten Äckern lagen.

Das alles war viel aufregender, sprach viel mehr Sinne an, als eine Autofahrt. Ach, sie sollte auch einen Führerschein haben und sich eine solche Maschine kaufen. Aber Gerard wollte ja schon nicht, dass sie Auto fuhr. Da würde er ihr einen Motorradführerschein erst recht nicht erlauben.

Im nächsten Moment schossen ihr Juliettes Worte durch den Kopf. Ein solcher Mann hat nichts zu erlauben oder zu verbieten. Hatte sie recht?

Die leuchtend gelbe Fassade der Schlossklinik kam in Sicht. Carole beschloss, später in Ruhe über dieses Thema nachzudenken. Jetzt musste sie sich umziehen und dann in den Speisesaal eilen, damit Nicolette nicht den Aufstand probte.

Juliette stoppte die BMW vor der Freitreppe, wartete, bis Carole abgestiegen war und ihr den Helm überreicht hatte. Dann winkte sie Carole zu, gab Gas und brauste davon.

Carole sah Juliette hinterher, bis sie hinter der ersten Wegbiegung verschwunden war.

*

Nicolette hatte lange geschlafen. Danach war sie in die nahe Stadt gefahren, um ein wenig zu shoppen und sich die Sehenswürdigkeiten anzuschauen. Davon gab es einige, und so wurde es später Nachmittag, bis sie wieder in die Schlossklinik zurückkehrte.

Das Telefon auf ihrem Nachttisch begann zu läuten, als sie das Zimmer betrat. Hastig riss sie den Hörer ans Ohr und meldete sich. Als sie Jules' Stimme erkannte, lächelte sie.

„Ich vermisse dich“, raunte sie. „Ach, was könnten wir jetzt alles zusammen anstellen.“

„Ich vermisse dich auch“, verriet Jules. Der zärtliche Ton in seiner Stimme weckte Nicolettes Lust. „Ich sitze hier an meinem Schreibtisch und kann nicht aufhören an dich zu denken. Und aufstehen kann ich auch nicht, weil ich einen Mordsständer habe."

„Oh, wirklich?" Nicolette kicherte. „Hast du es dir heute schon selbst gemacht?"

„Nein. Ich will alles für dich aufheben." Jules' Stimme wurde noch dunkler. „Immerhin darfst du heute mit mir machen, was du willst. Ich bin dir vollkommen ausgeliefert. Stell dir vor, ich bringe es nicht. Das wäre doch wirklich schlimm."

„Du bringst es, da bin ich ganz sicher", hauchte Nicolette ins Telefon. „Komm, mach den Reißverschluss auf. Schön langsam, ja?"

„Ja." Nicolette hörte das typische Geräusch, dann war Jules wieder da. „Und jetzt?"

„Jetzt hol ihn raus."

Jules seufzte wohlig.

„Jetzt geh ins Behandlungszimmer und hole die Gleitcreme, die du für die Untersuchungen brauchst", befahl Nicolette ihm mit leiser Stimme. Die Vorstellung, wie Jules mit seinem steifen Schwanz durchs Sprechzimmer lief, machte sie so heiß, dass ihr Slip bereits durchfeuchtet war. Aber sie beherrschte der Wunsch, es sich selbst zu machen, um das Spiel noch eine Weile zu genießen.

Mit einem Seufzer streckte sie sich auf dem Bett aus und lauschte auf die Geräusche, die durchs Telefon an ihr Ohr drangen. Jules schien das Behandlungszimmer erreicht zu haben. Sie hörte, wie er darin herumhantierte. Dann sprach er wieder.

„Ich habe die Creme."

„Sehr gut." Nicolette schloss die Augen. „Und nun schmier sie auf deinen Schwanz."

Die leisen, lustvollen Laute verrieten, dass Jules nicht nur gehorchte, sondern die Behandlung auch genoss.

„Bist du fertig?"

„Ja."

„Gut, dann wichs dich jetzt. Aber langsam, ganz langsam."

Eine Weile blieb es still, nur sein Atmen drang an Nicolettes Ohr.

„Stehst du?“, erkundigte sie sich.

„Ja.“ Jules sog die Luft ein.

„Gut, bleib stehen und wichs dich. Langsam, vor, zurück, vor, zurück.“

Sein Atem wurde schneller, aber Nicolette befahl ihm, das langsame Tempo beizubehalten.

„Was fühlst du?“, wollte sie wissen.

„Ich bin geil“, antwortete Jules gepresst. „In meinem Schwanz ist der Teufel los, aber meine kleine Hexe erlaubt mir nicht, es mir schneller zu machen.“

„Du würdest es gerne schneller machen?“

„Ja, oh ja.“ Jules seufzte erneut. „Verdammt, Nicolette, ich bin total heiß.“

„Hör auf, dich zu wichsen!“

„Shit!“ Jules knurrte leise.

„Ist noch Creme auf deinem Schwanz?“

„Ja-a.“

„Okay, dann zieh die Vorhaut weit zurück und reibe deine Eichel.“

Einen Moment blieb alles still, dann stöhnte Jules auf. „Kleine Hexe, du. Weißt du, was das für Gefühle sind?“

„Nein, erzähle sie mir.“

Jules atmete schneller. „Als wenn tausend Ameisen in meinem Schwanz rumkrabbeln“, begann er, aber dann wurde seine Sprache immer stockender. „Es … kit…zelt wie verrückt.“

„Reib deine Eichel noch mal mit Creme ein.“

Jules stieß einen zischenden Laut aus, dann stöhnte er leise.

„Und jetzt reib deine Eichel wieder.“

Sein Atem wurde schneller, Stöhnen und Seufzen mischte sich zwischen die Stöße.

„Geh in dein Sprechzimmer, aber reib dich dabei weiter.“

Jules schluckte hörbar. „Ich bin gleich soweit, Süße.“

„Schön, dann lauf weiter.“

„Das – wird – schwierig, du Hexe, du.“

„Versuch es.“

„Okay, ich …“ Jules brach ab. Ein lang gezogenes „Oh“ dem heftiges Keuchen folgte, sagten Nicolette, dass er gerade abspritzte.

Nun gönnte auch sie sich den Genuss eines selbst herbeigeführten Orgasmus, indem sie zwei Finger in ihre tropfnasse Möse führte und zusätzlich ihre Klit streichelte, bis die Lust wie ein Schwall Wasser über sie hereinbrach.

„Ich freue mich auf heute Nacht“, sagte Jules auf der anderen Seite der Verbindung.

„Ich auch.“ Nicolette streckte sich träge. Sie lächelte verträumt. Jules war tatsächlich der Mann, von dem sie immer geträumt hatte. Mit ihm würde sie noch viel Spaß haben.

„Dann bis heute Abend.“

Nicolette wünschte, es wäre schon soweit. Aber leider musste sie sich noch mindestens fünf Stunden gedulden, ehe Jules zu ihr kommen konnte. Sein sehnsüchtiger Seufzer war das Letzte, das sie hörte, bevor sie die Verbindung unterbrach.

Carole blieben noch fünf Minuten, um zu duschen und sich für das Abendessen umzuziehen. Wie von der wilden Hummel gestochen raste sie in ihrem Zimmer herum, riss Schranktüren auf, warf Schubladen zu, auf der Suche nach passender Kleidung und Unterwäsche. In ihrer Hektik bemerkte sie nicht, dass Nicolette ins Zimmer getreten war. Erst als diese sie ansprach, verharrte Carole mitten in der Bewegung und sah sie verwundert an.

„Was zum Teufel stellst du da an?“ Mit dem Zeigefinger deutete Nicolette auf das Durcheinander in Caroles Zimmer. „Willst du flüchten oder kannst du dich bloß nicht entscheiden, was du anziehen möchtest?“

„Letzteres.“ Verwirrt sah Carole auf das Durcheinander, das sie angerichtet hatte. „Oh je, ich glaube, ich bin ein bisschen verwirrt.“

„Sieht so aus." Nicolette trat ans Bett und hob ein buntes Sommerkleid aus Seide und Chiffon hoch. „Wie wäre es damit?"

„Super." Carole nahm es ihr ab.

„Und dieses Complet dazu." Nicolette reichte ihr ein Set aus rosafarbener Spitze. „Dann bist du wieder die perfekte Dame."

„Danke." Carole raffte die Sachen an sich und stürzte ins Bad.

„Wieso bist du eigentlich so hektisch?", rief Nicolette, um das Rauschen der Dusche zu übertönen.

„Weil es gleich Abendessen gibt!", rief Carole zurück. „Ich möchte nicht unpünktlich sein."

„Was für ein Unsinn." Nicolette ging an die Tür und lehnte sich gegen den Rahmen. Durch die beschlagenen Scheiben der Duschkabine konnte sie die schemenhaften Umrisse von Caroles Körper sehen. Sie hatte eine fast knabenhafte Figur mit süßen, kleinen Brüsten, die Nicolette immer an unreife Äpfel erinnerten. „Wir sind hier doch nicht im Internat, wo es nichts mehr zu essen gibt, wenn wir nicht pünktlich am Tisch sitzen." Sie drehte sich unter dem Türrahmen und sah ins Zimmer hinein. „Wo hast du eigentlich den ganzen Nachmittag über gesteckt?"

Die Dusche wurde abgedreht, dann trat Carole aus der Kabine.

„Ich war am Fluss und bin ein paar Runden geschwommen." Sie nahm das große Badetuch, das neben der Kabine lag und begann, sich abzufrottieren. „Und dann habe ich diese Frau wieder getroffen, die ich schon gestern dort gesehen habe. Sie heißt Juliette."

„Aha." Nicolette war wenig interessiert. Sie ging ins Zimmer und begann, den Wust aus Unterwäsche und Kleidern zusammenzulegen.

„Sie hat mich zu sich nach Hause eingeladen", hörte sie Carole im Badezimmer sagen. „Du, diese Juliette wohnt in einer ganz tollen, riesigen Villa. Sag mal …" Sie unterbrach sich, um die Pflegecreme sorgfältig auf ihrem Gesicht zu verteilen. „Weißt du, was ein Hermaphrodit ist?“

Nicolette unterbrach ihre Tätigkeit und lauschte plötzlich hochinteressiert.

„Ich hab's nicht gewusst. Das heißt, ich habe nicht gewusst, dass das so heißt.“

„Gehört diese Juliette zum dritten Geschlecht?“, fragte Nicolette.

„Nein, aber ihre Hausangestellte.“ Carole erschien im Türrahmen. „Sie hat richtig große Brüste und einen Penis.“

Nicolette grinste neckend. „Das klingt, als hättest du einen aufregenden Nachmittag verbracht. Hat es Spaß gemacht?“

Carole verschwand wieder im Bad. „Ja, es hat“, hörte Nicolette sie antworten. Es klang ein wenig trotzig. „Ich habe es mit beiden gemacht, mit Juliette und ihrer Dienerin. Sie – oder er – heißt Lavinia. Und soll ich dir was sagen? Ich bin gleich ein paar Mal gekommen.“

„Womit ja wohl auch dir endlich klar sein dürfte, dass Gerard der Versager ist“, stellte Nicolette nüchtern fest.

„Es scheint tatsächlich so zu sein.“ Carole klang nachdenklich. „Was soll ich jetzt tun?“

„Ihm sagen, dass er eine Niete ist.“ Nicolette begann, die Sachen in den diversen Schubladen zu verstauen. „Und verlangen, dass er sich bessert.“

„Das kann ich nicht!“ Carole erschien fix und fertig angezogen im Schlafzimmer. „Erstens wird Gerard mir das in tausend Jahren nicht glauben, denn er hält sich für einen tollen Liebhaber, und zweitens würde ihn das unheimlich kränken.“

„Nun, es gibt eine ganze Menge Männer, die sich für tolle Liebhaber halten“, erwiderte Nicolette lakonisch. „Und das nur, weil ihre Frauen ihnen was vormachen. Aber das ist falsch.“

Carole seufzte leise. „Vergiss es“, meinte sie resigniert. „Weißt du, ich habe hin und wieder schon versucht, Gerard auf andere Dinge zu bringen. Aber das lehnt er ab. In seinen

Augen ist das alles pervers. Ein bisschen streicheln und küssen und dann bumsen, zu mehr ist er nicht bereit."

„Tja." Nicolette schloss die Schranktüren. „Dann wird er sich wohl oder übel damit abfinden müssen, dass du sexuell deine eigenen Wege gehst." Sie lachte. „Das Beste daran ist, dass er dich selbst darauf gebracht hat."

Verständnislos starrte Carole sie an.

„Er hat dich hierher geschickt. Er hat darauf bestanden, dass du eine Sexualtherapie machst. Jetzt muss er mit dem Ergebnis leben."

„Es wird ihm ganz und gar nicht gefallen." Carole grinste zum ersten Mal darüber.

„Wir werden ihn am Wochenende schon beschäftigen", versprach Nicolette. Sie kicherte fröhlich. „Vielleicht sollten wir einfach dafür sorgen, dass die Ärzte hier einsehen, dass er derjenige ist, der eine Therapie braucht? Dann schicken wir ihn in eine Klinik für sexualgestörte Männer."

Diese Vorstellung war so utopisch und gleichzeitig grotesk, dass Carole in lautes Lachen ausbrach.

„Eher würde er wohl im Tutu über die Hauptstraße seiner Heimatstadt laufen."

Sie kicherten immer noch, als sie kurz darauf an den Speiseraum betraten.

*

Diesmal ließ Jules seine Geliebte nicht so lange warten. Kurz nach zehn klopfte es an der Tür und Jules betrat den Raum. Nicolette flog ihm buchstäblich entgegen und warf sich in seine Arme.

„Oh, Schatz, ich habe dich so vermisst."

„Ich dich auch." Jules küsste sie. Als er seinen Körper gegen den von Nicolette drängte, konnte sie die Härte seines Gliedes spüren. Sofort erwachte das Verlangen heiß und brennend in ihr. „Und ihn auch." Neckend rieb sie über den Leinenstoff und der Lümmel wurde noch steifer.

„Dann lass es uns tun", raunte Jules, heiser vor Verlangen. „Was hast du dir für uns ausgedacht, meine süße Katze?"

„Komm." Nicolette nahm ihn an der Hand und führte ihn aus dem Raum. Wenige Minuten später befanden sie sich in seinem Behandlungszimmer, wo Jules bereitwillig auf den Untersuchungsstuhl kletterte.

Zunächst beschränkte sie sich darauf, Jules genau zu betrachten, wie er mit weit gespreizten Schenkeln vor ihr lag. Die Beine ruhten auf den Stützen, Nicolette hatte sie mit den Schlaufen fixiert, die daran befestigt waren, sodass er ihr voll und ganz ausgeliefert war.

Sein Schwanz ragte über seinem Bauch auf. Als Nicolette nun hinzutrat und seinen Schwanz umfasste, stieß Jules ein lustvolles Stöhnen aus.

Sie schob die Vorhaut zurück. Seine Eichel leuchtete hellrot, und als Nicolette eine großzügige Portion Gleitcreme darauf verteilte, begann Jules bereits, sich unruhig auf dem Sitz zu bewegen.

Nun massierte Nicolette die nackte Eichel, in der sich wohl ein immer heftigerer Kitzel zusammenbraute. Aber Nicolette ließ ihren Geliebten nicht zum Orgasmus kommen, sondern unterbrach das Spiel immer wieder. Mal rieb sie seinen Schwanz, mal seine Eichel, und erst, als Jules in ekstatisches Stöhnen verfiel, gab sie ihm den Rest, indem sie ihn so heftig wichste, dass er in hohem Bogen auf seine Brust abspritzte.

Danach band sie ihn los, kraulte seine Eier, bis sich der Lümmel erneut aufrichtete. Eine Weile reizte Nicolette das gute Stück, bis Jules wieder auf Touren war, dann wechselten sie die Position.

Nicolette kletterte auf den Stuhl und Jules musste sich zwischen ihre Beine stellen.

„Ich will, dass du es mir mit der Zunge besorgst", erklärte sie ihm. „Aber du darfst dich dabei nicht anfassen oder gar wichsen, hörst du?"

Jules nickte stumm. In seinem Schwanz tobte zwar ein neuer Lustkrieg, aber er war entschlossen, alles zu tun, was Nicolette wollte. Ihr ausgeliefert zu sein und zu gehorchen, machte ihn mindestens genauso an, als ob er die Rolle des Dom übernähme. Er würde zur Not einfach an seine Steuererklärung denken, das würde ihn abkühlen.

Wie geheißen beugte Jules sich vor, schob den String beiseite und betrachtete gierig das geschwollene Fötzchen, das auf seine Liebkosungen wartete.

Mit der Zungenspitze teilte Jules die äußeren Lippen und leckte genüsslich den Nektar, der ihm aus der kleinen Öffnung entgegenfloss. Dann ließ er die Spitze hineinschnellen, bohrte sie tief in die feuchte Höhle und kitzelte die heißen Innenwände.

Sein Schwanz gierte schon wieder nach erlösenden Berührungen. Vor Ungeduld begann Jules sein Becken vor und zurückzubewegen, aber sein Schwanz stieß ins Leere.

Er musste Nicolette zum Kommen bringen, schnell, bevor er vor Geilheit irrewurde!

Vorsichtig zog er seine Zungenspitze aus ihrer Möse und ließ sie durch die Spalte bis zu der erigierten Klitoris wandern, die zwischen den Lippen hervorragte. Als er mit seiner Zunge darüber strich, stöhnte Nicolette erneut. Jules zog ihre Schamlippen auseinander, damit die Klit frei vor ihm lag. Dann begann er, sie mit der Zunge zu umspielen, leckte daran und tupfte mit der Spitze darauf, was Nicolette besondere Freude zu machen schien.

Sie wurde so heiß, dass sie sich unruhig zu bewegen begann, immer schneller, je heftiger Jules ihre Klit betupfte.

Zuletzt öffnete sie sich ganz weit, damit er ihre Spalte spreizen und sie kraftvoll lecken konnte. Plötzlich begann ihr Körper zu zucken. Nicolette stöhnte.

„Komm schon, meine Süße, komm in meinem Mund“, murmelte er zwischen seinen Leck-Attacken.

Dann bäumte sie sich auf, ein wildes Zittern erschütterte ihren Körper, ehe er sich vollkommen verkrampfte. Nicolette stieß ein lang gezogenes Stöhnen aus, das in einem undeutlichen Wimmern und Murmeln verebbte, während ihr Körper erschlaffte.

Im nächsten Moment erhielt Jules einen Tritt, der ihn zu Boden warf.

„Mach es dir!“, befahl Nicolette. „Aber langsam. Ich will, dass du den Orgasmus herbeiflehst.“

Jules biss sich auf die Lippen. Nichts war es mit der Steuererklärung, alles, woran er denken konnte, war Nicolettes Fotze, in die er sich bohren wollte. Er war so geil, dass er es kaum noch aushalten konnte. Er wollte endlich kommen, bevor ihm die Eier platzten, aber das verdammte Biest konnte nicht aufhören, ihn zu quälen. Herrlich!

Mit gespreizten Schenkeln kniete er vor ihr, seine Hand umspannte seinen harten Schwanz, dessen Eichel vor ungestilltem Verlangen glühte. Langsam, sich Nicolettes strenger Blicke bewusst, begann Jules seinen Schwanz zu wichsen, auf und ab und auf und ab.

Der Kitzel tobte in seinen Hoden. Von dort wanderte er in den Schaft bis hinauf in die Eichel, wo er zu einem unwahrscheinlich wilden, prickelnden Druck anwuchs, der Jules fast verrückt machte, und doch so köstlich war.

Plötzlich hielt er es nicht mehr aus. Er musste endlich abspritzen, sonst würde er tatsächlich irre. Seine Hand flog vor und zurück, aber ein Schlag auf seine Eichel ließ ihn vor Schreck und Schmerz aufschreien.

„Habe ich dir das erlaubt?“ Nicolettes Augen glitzerten gefährlich. Ihre Hand lag auf ihrer Klitoris und streichelte sie, während sie gleichzeitig auf Jules niedersah.

Er schüttelte den Kopf. „Nein.“

„Komm her!“

Auf allen vieren kroch er zu Nicolette. „Nein, geh weg!“ Nicolette trat nach ihm. „Knie dich vor die Liege.“

Keuchend vor ungestilltem Verlangen, gehorchte Jules. Er legte den Kopf auf das Polster und erwartete demütig Nicolettes Strafe.

„Reib dich!“

Erleichtert gehorchte er und wichste sich. Das tat so gut! Der Schmerz, der immer noch in seiner Eichel pochte, verwandelte sich in einen wahnsinnigen Reiz. Als der erste

Schlag seinen nackten Hintern traf, schwoll das Gefühl noch an.

Es war Wahnsinn, wenn Schmerz und Lust sich vereinten und in seinem Schwanz tobten. Nur ganz verschwommen fragte er sich, womit Nicolette ihn schlug, aber als ein dritter Hieb seine nackten Arschbacken erzittern ließ, stoben auch die letzten Gedanken aus seinem Hirn und er bestand nur noch aus lodernder Geilheit.

Um seine Lust noch zu steigern, befahl Nicolette ihm, mit der anderen Hand noch unter seinen Hoden durch Druck seine Prostata zu stimulieren. Was das Lustgefühl schlagartig verzigfachte, sodass Jules kurz davor war, Sterne zu sehen und bewusstlos zu werden.

Ein neuer Schlag sauste auf seinen nackten Hintern nieder. Mit ihren Knien zwang sie seine Beine weiter auseinander, weil diese Haltung den Orgasmus verzögert. Er sollte vor dem Abspritzen noch ein bisschen leiden. Er fluchte innerlich, bewunderte sie jedoch gleichzeitig dafür, sich mit Männern so gut auszukennen, dass sie ihnen solche Freuden schenken konnte.

Er sog scharf die Luft ein. Nicolette legte das Lineal weg und nahm einen Gummihandschuh aus dem Spender. Sie spannte ihn. Als sie ihn auf Jules' Backen schnellen ließ, schrie er auf, aber im nächsten Moment streckte er ihr seinen Hintern nach neuen Lustqualen bettelnd entgegen, sodass sie den Handschuh erneut zurückschnellen ließ.

Sein Hintern leuchtete dunkelrot von den Hieben. Lächelnd sah sie die Gänsehaut, die seinen Rücken und schließlich seinen gesamten Körper überzog. Einen Moment spielte Nicolette mit dem Gedanken, ihn noch eine Weile leiden zu lassen, aber es war zu spät.

Jules gab seinen Widerstand gegen sich selbst auf und wichste sich schneller, überwand den Punkt, an dem es kein Halten mehr gab, raste mit unglaublicher Geschwindigkeit und extrem starken Lustgefühlen auf das Ende zu. Er musste jetzt einfach kommen, und wenn die Welt stehen bleiben würde. Musste … dringend … kommen! Er wichste noch ein bisschen schneller, drückte fester zu, und dann endlich …

Nicolette sah, wie Jules' Schwanz seinen Saft in hohem Bogen ausspuckte, während Jules vor Lust nur noch wimmern konnte. Der Orgasmus schüttelte ihn wie ein Fieberkrampf, dann sackte er zusammen, seine Hände fielen kraftlos herab.

Eine Weile blieb er so knien, während Nicolette sich zu ihrem zweiten Orgasmus fingerte. Dann, sie hatte sich längst wieder erholt, zog Jules sich an der Liege hoch und fiel auf das Polster nieder. Dort blieb er liegen, ausgepowert, mit geschlossenen Augen und nach Luft ringend.

Sein Glied lag halb erschlafft auf seinen Schenkeln. Nicolette ging zu ihm. Ohne die Lider zu heben, streckte Jules die Arme nach ihr aus, sie ließ sich hineinsinken und kuschelte sich ganz fest an seinen von der Lust erhitzten, schweißnassen Körper.

*

Ein Geräusch weckte Nicolette drei Stunden später. Zunächst verwirrt sah sie sich im Untersuchungszimmer um, dann begriff sie, wo sie sich befand und streckte sich wieder neben Jules aus. Allerdings begann Nicolette jetzt zu frieren. Während sie noch überlegte, ob sie leise aufstehen und auf ihr Zimmer huschen sollte, erwachte Jules und zog sie erneut in seine Arme.

„Mir ist kalt“, nuschelte er dicht an ihrem Ohr.

„Mir auch.“ Nicolette schüttelte sich leicht und rollte sich zusammen. „Komm, lass uns ins Bett gehen.“

„Gute Idee.“ Noch total verschlafen wälzte Jules sich von der Liege und begann, seine Kleider zusammenzusuchen.

Hand in Hand gingen sie die Treppe hinauf. In Nicolettes Zimmer angekommen, schloss Jules leise die Verbindungstür, dann schlüpfte er zu Nicolette unter die Decke und kuschelte sich an sie.

„Mhm, das ist gut.“ Sein Penis, der gegen ihre Hüfte pochte, verriet, dass Jules längst nicht mehr müde war. „Du fühlst dich einfach toll an.“

Nicolette drehte sich um und griff nach seinem Schwanz. Der Kerl war zweifellos wieder einsatzbereit, genau wie sein Besitzer, der sich rhythmisch zu bewegen begann.

„Wollen wir noch eine Runde versuchen?“

Während Nicolette sprach, rieb sie den stolzen Recken, damit er sich noch mehr streckte und hart wurde.

„Und ob.“ Jules lachte leise. „Bedien dich nur, heute Nacht gehöre ich dir mit Haut und Eiern.“

Nicolette lachte. Sie stand auf, nahm eines der weichen Bänder aus der Nachttischschublade und schlug die Bettdecke zurück.

Bereitwillig spreizte Jules die Schenkel, damit sie das Band um seinen Hodensack winden konnte. Mit wachsender Vorfreude sah Jules zu, wie Nicolette anschließend einen Cockring holte, seinen Penis ergriff und die Vorhaut weit zurückschob, sodass die Eichel nackt und schutzlos ihrer ausschweifenden Fantasie ausgeliefert war.

Nicolette befeuchtete die Spitze mit ihrem Speichel, dann stülpte sie den Ring darüber und schob ihn so weit über den Schaft, dass er die Eichel spannte und die Vorhaut nicht mehr zurückrutschen konnte. Nun hatte sie ihre Hände frei, um sich ganz ungestört mit Jules’ Spielzeugen zu beschäftigen. Nicolette war entschlossen, diese Runde so lange wie möglich auszudehnen und Jules die süßesten Freuden zu bescheren, bis er vor Lust alles um sich herum vergaß.

In der Schublade befand sich eine Tube Gleitcreme, die zugleich die Empfindlichkeit der Genitalien erhöhte. Liebevoll rieb Nicolette damit zunächst Jules’ Hoden ein, dann verteilte sie eine gute Portion auf seinen Damm, und dann kam sein Anus dran, den sie behutsam auseinanderzog, um die zarte Öffnung mit der Kuppe des Zeigefingers so lange zu reizen, bis der Widerstand nachgab und Nicolette die lange Perlenkette Stück für Stück hineinschieben konnte, die sie neben den anderen Sexspielzeugen in ihrem Nachttisch gefunden hatte.

Nachdem Jules' Hintereingang gefüllt war, cremte Nicolette auch seine Eichel ein, aber sie bespielte sie nicht, sondern beschäftigte sich erst einmal eingehend mit dem prallen Beutel, den sie sanft massierte und kraulte, bis Jules vor Wohlbehagen schnurrte wie ein verliebter Kater.

Nun wandte sie sich den Nippeln zu. Da Nicolette wusste, dass es Jules geradezu verrückt machte, wenn sie an ihnen saugte und hineinbiss, machte sie ihm die Freude, sich lange und ausgiebig mit ihnen zu beschäftigen. Als er jedoch vor Geilheit nach seinem Schwanz tastete und versuchte, sich zu wichsen, stieß sie seine Hand weg.

„Lass uns Zeit nehmen", raunte sie ihm ins Ohr. „Ich will dich heute vor Lust jubeln hören."

„Oh, Baby, das dauert nicht mehr lange", stöhnte Jules. „Du bist die Beste, weißt du das? Mich hat noch keine Frau so verwöhnt wie du. Normalerweise bin ich derjenige, der den Frauen zeigen muss, wo's lang geht."

Nicolette lachte leise. Dann hob sie seine Arme und band sie an den Bettpfosten, damit Jules ihr nun wehrlos ausgeliefert war. Er genoss es, bot ihr gierig seine Nippel an, damit sie sie weiter reizen und bespielen konnte, bis er kaum noch atmen konnte.

Je länger sie die seine Warzen leckte und an ihnen knabberte, desto heftiger wurde der Kitzel in seinem Schwanz und in den Hoden. Dieser süßen Qual wehrlos ausgesetzt, begann Jules sich zu winden, was die Perlen in seinem Hintern in Bewegung versetzte. Zunächst war es nur ein leichtes, angenehmes Gefühl, allerdings wuchs es ganz allmählich zu einem unglaublichen Lustgefühl an, das langsam seinen Rücken hinauf und in seine Hoden stieg, wo es sich mit dem Aufruhr dort verband.

Halb irre vor Lust stemmte Jules die Fersen gegen die Matratze, spreizte die Schenkel weit auseinander, presste sie im nächsten Moment fest zusammen, um sie dann erneut zu spreizen und mit dem Becken Stoßbewegungen zu machen.

Dass Nicolette sich urplötzlich zurückzog, war ein Schock. Keuchend lag Jules da, dem ungeheuren Reiz ausgeliefert, der allmählich abebbte, bis er nur noch ein Prickeln verspürte, das sich besonders in seiner Eichel konzentrierte. Gespannt wartete Jules, was Nicolette sich nun einfallen ließ, aber sie blieb zunächst untätig. Nackt hockte sie neben ihm auf dem Bett und ließ ihre Blicke über seinen Körpern wandern.

„Hey, Süße." Jules gierte nach neuen Freuden. „Willst du mich verhungern lassen?"

„Auf keinen Fall." Sie lachte leise, beugte sich zu ihm und küsste ihn. „Du wirst alles bekommen, wonach du dich sehnst."

„Oh Baby, bitte bald", flehte Jules in komischer Verzweiflung. „Ich bin total heiß."

„Geduld", mahnte sie.

Sie küsste ihn erneut. Dann wandte sie sich endlich seinem unter Druck stehenden Schwanz zu. Sanft ließ sie die Kuppe ihres Zeigefingers um die Spitze kreisen. Zunächst war das eine ganz erträgliche Zärtlichkeit, die Jules genoss. Aber dann wuchsen die Lustgefühle beständig, ohne jedoch so heftig zu werden, dass sie den Höhepunkt auslösten.

Vor Jahren hatte Jules einmal in einem erotischen Roman die Geschichte eines Sultans gelesen, dessen Frauen die Kunst beherrschten, ihren Herrscher über Stunden im Zustand der Lust zu halten. Sie reizten ihn so, dass er nur ganz allmählich zum Höhepunkt gelangte. Genau dies schien Nicolette vorzuhaben. Wo immer sie diese Technik gelernt hatte, sie war der helle Wahnsinn und brachte Jules derart ins Schwitzen, dass das Laken unter ihm inzwischen klatschnass war.

Die Lust in seinen Genitalien schwoll immer noch an. Jules konzentrierte seine Sinne auf seinen Schwanz, als könnte er so den Orgasmus herbeiführen. Aber das machte die Qual im Grunde nur noch schlimmer, denn er empfand die Lust nur noch intensiver.

Zwischendurch rieb Nicolette die Eichel immer wieder ein, damit ihre Hand ungehindert auf und ab gleiten konnte. Jules war nur noch Lust, auf seinen Schwanz und die Perlen in seinem Hintern konzentriert, die Nicolette nun millimeterweise herauszog.

Der Kitzel wuchs immer noch, füllte seinen ganzen Unterleib aus. Jules hob das Becken an, als wollte er sich dem Orgasmus entgegenstrecken, aber noch war es nicht so weit. Nicolette reizte seine Eichel weiter und weiter, bis Jules die blanken Tränen über die Wangen liefen. Da erst stieg Nicolette über ihn, führte den pochenden Schwanz in ihre Öffnung und ließ sich darauf nieder.

Zuerst bewegte sie sich langsam, dann aber begann sie einen so scharfen Ritt, dass Jules Hören und Sehen verging. Ihre Möse wurde immer enger, massierte zugleich seinen Schwanz und saugte wie verrückt daran, sodass Jules überhaupt nichts mehr tun musste. Er konnte auch nicht viel tun. Er war ihr völlig ausgeliefert, was seine Geilheit anstachelte.

Nicolette molk ihn zu einem Höhepunkt, der für einen ungeübten Mann tödlich hätte sein können. Jules, der zum Glück über eine kräftige Konstitution verfügte, geriet an den Rand einer Ohnmacht. Schuld war der Luftmangel, welcher entstand, weil er mehrere Sekunden nicht mehr atmen konnte.

Pulsierend rollte der Höhepunkt über ihn und durch ihn hindurch, nahm ihm das Denken, das Sehen und das Raum-Zeitgefühl.

Er konnte nicht sagen, wie lange es angehalten hatte, aber es waren gefühlte zehn Minuten. Der längste und anstrengendste, aber geilste Orgasmus seines Lebens.

Völlig ausgepowert, schweißnass und mühsam nach Luft ringend blieb Jules schließlich liegen. Er war so fertig, dass er nicht mal mehr den kleinen Finger heben konnte. Zwar hörte er noch Nicolettes Stimme, den zärtlichen Klang darin, aber die Worte verwirrten sich in seinem Kopf zu einem Knäuel, das zu entwirren Jules nicht in der Lage war.

Er schlief ein, ohne sich noch einmal gerührt zu haben.

*

Carole wurde vom Klingeln ihres Handys geweckt. Noch im Halbschlaf streckte sie die Hand aus und hielt sich das Telefon ans Ohr.

„Hallo, meine Schöne."

Der Klang der Stimme elektrisierte sie. Nun hellwach setzte sie sich auf und presste das Handy so fest an ihr Ohr, dass es schmerzte.

„Ich wollte dich zum Frühstück einladen." Es klang, als wollte Juliette etwas ganz anderes. „Wie ist es, traust du dich?"

„Aber ich habe eigentlich Therapie", murmelte Carole, im Grunde schon bereit, alles sausen zu lassen und zu der Geliebten zu eilen.

„Ich bin deine Therapie", lachte Juliette da auch schon. „Komm, Kleines, schwing dich aus dem Bett. In einer Viertelstunde bin ich bei dir."

„Nein!" Carole schüttelte den Kopf, obwohl Juliette sie nicht sehen konnte. „Ich komme zu dir."

„In Ordnung, aber beeil dich. Ich habe Sehnsucht nach dir."

„Ich bin praktisch schon unterwegs", versprach Carole.

Sie warf das Handy auf den Nachttisch, sprang aus dem Bett und stand gleich darauf unter der Dusche. In ihrer Pussy prickelte es bereits. Noch vor wenigen Tagen hätte sie das verwirrt. Der Gedanke, dass sie sich von einer Frau sexuell dermaßen angezogen fühlen könnte, hätte sie tief verunsichert und beschämt. Doch jetzt war ihr das egal. Juliette schenkte ihr Lust. Etwas, das sie viel zu lange entbehrt hatte. Carole wollte es genießen, egal ob andere Menschen das moralisch ablehnten und sie als Lesbe verlachten oder nicht.

Bevor sie das Haus verließ, sah sie rasch in Nicolettes Zimmer vorbei. Die Freundin schlief noch, ihr Bett war vollkommen zerwühlt. Im Zimmer roch es nach Schweiß und Sex, als hätte Nicolette sich die ganze Nacht mit einem Mann vergnügt. Zuzutrauen war es ihr. Ihr sexueller Appetit war enorm. Aber auch das verwunderte Carole nicht mehr. Sie konnte es ja selbst kaum erwarten, wieder in den Armen ihrer Geliebten zu liegen.

Schwester Agnes lächelte nur hintergründig als Carole ihr mitteilte, dass sie ausgehen und nicht am Frühstück teilnehmen wollte.

„Ich weiß nicht, wann ich zurück sein werde."

„Dann haben Sie wohl jemanden gefunden, der die Therapie fortsetzt?", neckte Agnes sie augenzwinkernd. „Nun, wir machen unseren Patientinnen keinerlei Vorschriften. Tun Sie, was immer Ihnen beliebt."

„Danke." Erleichtert verließ Carole das Schloss und eilte bergab über Wiesen und Feldern zur Villa ihrer Geliebten.

Die weiße Fassade der Villa leuchtete schon von Weitem durch die Blätter der Kastanien und Platanen, die sie umringten. Als Carole durch das hohe Tor trat, wurde der rechte Flügel des Portals geöffnet und Lavinia trat auf das Treppenpodest.

Ihr schwarzes Haar glänzte im Sonnenlicht. Auch heute trug sie eine hautenge schwarze Hose, aber statt des Paillettenoberteils hatte sie ein weißes Hemd und ein tailliertes Jackett gewählt, das ihre schmale Taille betonte. Sie begrüßte Carole mit der ihrer Rolle gebührenden Zurückhaltung und führte sie in die Halle.

„Da bist du ja!" Mit ausgestreckten Armen kam Juliette auf Carole zugelaufen. „Du glaubst nicht, wie sehr ich dich vermisst habe."

Bevor Carole wusste, wie ihr geschah, lag sie an Juliettes Brust und atmete verzückt den Duft ihres schweren Parfüms.

„Wir gehen erst schwimmen, Lavinia!", rief Juliette der Dienerin über die Schulter hinweg zu, während sie gleichzeitig Carole in Richtung Salon zog. „Das Frühstück nehmen wir dann auf der Terrasse."

„Sehr wohl, Madame", sagte Lavinia distanziert und verschwand hinter einer der Türen, die von der Halle irgendwohin in die Tiefen des Hauses führten.

Der Pool befand sich im Anbau, der eine Mischung aus Wintergarten und Schwimmbad darstellte. Die drei Außenwände bestanden fast nur aus Glas, wodurch die tropischen Pflanzen einen wahren Dschungel bildeten, in dessen Mitte sich das riesige Becken befand.

Zwischen den Pflanzen standen Liegen, daneben kleine Tische und, wie Carole erst bei genauerem Hinsehen erkannte, auch runde Palmgrashäuschen, die wahrscheinlich als Umkleidekabinen genutzt wurden.

Juliette verzichtete allerdings auf solche Einrichtungen. Ohne Scheu schlüpfte sie aus ihren Kleidern und sprang mit einem kühnen Kopfsprung mitten hinein ins kühle Nass. Sie schwamm ein paar Züge, dann drehte sie sich um und winkte Carole zu.

„Jetzt komm schon! Das Wasser ist herrlich!"

Mit einem Ruck zog nun auch Carole ihr T-Shirt aus, streifte die kurze Jeans ab und stieg ins Wasser. Es fühlte sich in der Tat wunderbar kühl und seidig an. Mit kraftvollen Bewegungen schwamm sie zu Juliette, die ihr lächelnd entgegensah.

„Wunderbar", seufzte Carole.

„Ja, ganz wunderbar sogar." Immer noch lächelnd legte Juliette ihre Arme um Caroles Schultern und zog sie an sich. „Du bist sehr hübsch, weißt du das?"

„Äh …" Schon, wenn Männer ihr Komplimente machten, wurde sie total unsicher. Aber solche Dinge aus dem Mund einer Frau zu hören, brachte sie aus dem Gleichgewicht. Die Verwirrung fiel jedoch sofort von ihr ab, als Juliette ihre vollen Lippen auf die ihren presste.

Ein seltsames Gefühl, das zwischen Kribbeln und Erstaunen schwankte, durchrann Carole. Deutlich spürte sie Juliettes Brüste an ihrem Körper. Feste, volle Prachtexemplare, deren Haut sich samtig und heiß anfühlte. Ohne zu überlegen ließ Carole sich in den Kuss fallen, genoss und erwiderte ihn mit wachsender Leidenschaft, die ihre neue Freundin zu frivoleren Zärtlichkeiten anspornte. Während ihre Zungen miteinander spielten, wanderte Juliettes Hand Caroles Rücken hinunter bis zu dem kleinen, runden Po und streichelte die beiden Halbkugeln. Dann hob sie Caroles linkes Bein auf ihre Hüfte und legte ihre Hand auf Carols Muschi.

„Wie süß, du bist rasiert“, flüsterte Juliette dicht an ihrem Ohr.

Ihr heißer Atem streichelte die zarte Haut an Carole Hals und sandte wohlige Schauer über ihren Rücken. Das Atmen wurde schwer, als sich die Hand an ihrer Muschi zu bewegen begann. Sanft erforschten Juliettes Finger die äußeren Lippen, teilten sie, fanden die geschwollene Klit und streichelten sie, bis Carole vor Lust zu schnurren und zu seufzen begann.

Die Finger strichen jetzt durch ihre Furche, teilten die inneren Lippen und eine Kuppe tippte spielerisch auf die kleine Öffnung, bis sie nachgab und den vorwitzigen Zeigefinger einließ. Der begann sofort damit, das Innere zu erforschen, sich weiter vorzutasten, bis er genau den Punkt erreicht hatte, an dem Caroles Lust wohnte. Sie stöhnte auf, als der Finger die Stelle reizte, sie antippte, hin und her fuhr, bis der heiße Tunnel sich um den Finger schmiegte und an ihm zu saugen begann, als wolle er ihn melken.

„Komm“, hauchte Juliette.

Mit sanfter Gewalt schob sie Carole zur Treppe. Rasch kletterten sie aus dem Becken und eilten zu einer der Liegen, die rund um den Pool standen. In Carole brannte alles vor Lust. Ihre Muschi sehnte sich nach dem neckenden Finger, der ihr Verlangen entfacht hatte. Ohne Scheu legte sie sich nieder, spreizte die Beine und gab sich so den Liebkosungen ihrer Geliebten hin, die das Angebot sofort annahm. Sie kniete sich neben die Liege, beugte sich über Caroles Schoß und bedeckte ihn mit kleinen, heißen Küssen, leicht wie Federn. Unter den sanften Lippenberührungen begann Carole, sich unruhig zu bewegen, ihr Becken hob sich Juliettes Mund und ihrer Zunge entgegen, die spielerisch gegen die zuckende Pforte stieß, schließlich eindrang und gekonnt die heißen Innenwände des Tunnels streichelte.

Als sie nun auch noch begann, an der erigierten Klitoris zu zupfen und sie zu streicheln, glaubte Carole, es nicht länger ertragen zu können. Sie stöhnte und wand sich, wollte der kitzelnden Zunge, den kundigen Fingern entkommen, und machte sich doch wieder ganz weit für sie, damit sie noch tiefer eindringen und sie noch intensiver spüren konnte.

Plötzlich ließ Juliette von ihr ab und küsste sie. Es war merkwürdig fremd und zugleich erregend für Carole, ihren eigenen Saft auf der Zunge zu schmecken. Ihre Hände tasteten nach den Brüsten der Freundin, fanden die harten Warzen und zwirbelten sie zwischen Daumen und Zeigefinger, bis Juliette sich neben ihr auf den Boden fallen ließ und sich nun ihrerseits Carole hingab. Ein Stöhnen entrang sich ihrer Kehle, als sich Caroles Lippen um die Nippel schlossen und daran zu saugen begannen. Die Zungenspitze umkreiste die harten Knospen, immer schneller, je lustvoller sich Juliette zu bewegen begann.

Nach einer Weile trieb ihr Forschungsdrang Carole dazu, ihre Lippen weiter über Juliettes Körper wandern zu lassen. Als sie das dichte, schwarze Vlies erreichten, welches das Geheimnis ihrer Weiblichkeit verbarg und ihr der süße Duft der Wollust in die Nase stieg, schob sie Juliettes Schenkel weit auseinander und betrachtete hingerissen die Spalte.

Sie war groß, mit festen Lippen und einer riesigen Klitoris, die zwischen diesen Lippen herausragte. Als Carole ihren Zeigefinger in die rosige Öffnung schob, empfingen sie hitzige Feuchte.

„Mehr", stöhnte Juliette sehnsüchtig. „Bitte hör nicht auf."

Carole sah sich nach einem Hilfsmittel um. Schließlich fiel ihr der Whirlpool ein. Hand in Hand liefen sie zu dem Becken und ließen sich in das warme Wasser gleiten. Es dauerte nur wenige Sekunden, bis das Nass zu sprudeln und zu blubbern begann und sich die Freundinnen der angenehmen Liebkosung der Massagedüsen hingeben konnten.

Dazu schob Carole ihre Gespielin so zurecht, dass der Strahl genau auf Juliettes Möse zielte. Nicht lange, und die Freundin seufzte und stöhnte, während ihre prachtvollen Brüste vor Lust zu schwellen schienen. Mit Zeige- und Mittelfinger spreizte Carole die Schamlippen auseinander, während sie mit der anderen Hand Juliettes Brust knetete, was

Juliette solche Freude bereitete, dass sie plötzlich mit einem lauten, lang gezogenen Schrei regelrecht explodierte.

Im nächsten Moment sackte sie zurück und blieb zitternd und keuchend gegen Caroles Körper gelehnt sitzen.

Eine Weile genossen sie eng umschlungen das warme Wasser und lauschten auf das Zwitschern der Vögel, die draußen in den Bäumen den neuen Tag begrüßten. Dann wandte Juliette sich um und küsste Carole, deren ungestillte Wollust sofort wieder lichterloh brannte.

Sanft zwang Juliette ihre Schenkel auseinander, damit nun auch Carole die Annehmlichkeiten der Massagedüse genießen konnte. Sie tat es ausgiebig, spreizte mit den Händen ihre Schenkel, damit die Strahlen sie überall erreichten, während Juliette liebevoll ihre Brüste mit der Zunge verwöhnte, bis sich auch in Carole ein gewaltiger Orgasmus zusammenbraute, der sie schließlich einem Unwetter gleich überrollte und mitriss.

Sie wusste nicht, dass sie schrie. Völlig gefangen von dieser unglaublichen Lust lehnte sie an Juliettes Körper und genoss jede Sekunde dieses ungeheuren Kitzels, der ihr beinahe das Bewusstsein nahm.

Nach einer wunderbar süßen, scheinbaren Ewigkeit tauchte Carole wieder an der Oberfläche der Realität auf. Sie fühlte sich erschöpft. Ihre Kehle war rau und trocken von ihren Schreien, die durchs ganze Haus gegellt waren.

„Lass uns was trinken“, schlug sie vor.

„Das ist eine Superidee“, befand Juliette.

Nackt liefen sie ins Esszimmer, wo der gedeckte Frühstückstisch auf sie wartete. Aber sie hatten beide keinen Hunger auf normale Nahrungsmittel. Ihr Appetit konzentrierte sich auf andere Genüsse, die sie gleich erneut miteinander teilen wollten.

Juliette schnappte sich den Sektkühler samt Flasche und zwei Gläsern, dann führte sie Carole ins Schlafzimmer. Voller Vorfreude machten sie es sich auf dem riesigen Wasserbett bequem, tranken Champagner, liebkosten sich und beträufelten gegenseitig ihre Spalten mit dem schäumenden Getränk, um das prickelnde Nass dann gegenseitig wieder herauszuschlürfen.

Als Carole ihren zweiten Orgasmus erlebte, glaubte sie, dass sie einen dritten nicht mehr überleben würde. Aber Juliette schaffte es tatsächlich, sie noch einmal so zärtlich zu liebkosen, dass Carole sogar zwei Orgasmen kurz hintereinander hatte. Danach schlief sie erschöpft in den Armen ihrer Geliebten ein.

Als sie drei Stunden später erwachte, stand die Sonne hoch am Himmel. Hitze lastete über dem Land, das einzige Geräusch, das man in der Mittagsstimmung hörte, war das Zirpen der Grillen.

Carole stand auf und trat nackt auf den Balkon hinaus. Unter ihr lag Juliette auf einer Liege. Sie las in einem Buch, das sie sinken ließ, als sie Caroles Blicke auf ihr fühlte. Ein Lächeln erschien auf ihrem Gesicht. Sie rief Carole zu, dass sie herunterkommen sollte. Sich ihrer Nacktheit längst nicht mehr schämend eilte Carole durchs Haus in die Arme ihrer Geliebten.

„Komm her, mein Murmeltierchen." Lachend drückte Juliette sie an sich. Carole hatte jedoch sofort Schuldgefühle.

„Verzeih, dass ich so lange geschlafen habe", entschuldigte sie sich eilig. „Du musst mich für einen ausgemachten Faulpelz halten."

„Unsinn." Juliette lachte unbekümmert. „Du warst müde, das ist doch ganz normal. Liebe strengt an, jedenfalls, wenn man sie richtig betreibt."

Ihr Blick wanderte über Caroles Kopf hinweg zu Lavinia, die mit einem Tablett in den Händen näher kam. Statt der strengen Uniform trug sie jetzt einen Tangabikini, dessen Oberteil die üppigen Brüste kaum bedeckte.

Wie beim ersten Mal stieg bei diesem Anblick leichter Neid in Carole auf. Sie hätte einiges darum gegeben, wenn ihre Brüste nur ein paar Zentimeter wachsen würden. Aber leider blieben sie zwei kleine, zwar feste, aber eben doch nur Miniäpfel, die keinen BH benötigten.

Lavinia hingegen besaß nicht nur einen vollendeten Körper mit Superbrüsten, sondern war auch noch unten herum gut ausgestattet.

Die Dienerin war aus ihrem Bikinislip geschlüpft und hatte sich zu Carole heruntergebeugt. Diese lehnte behaglich an Juliettes Körper und ließ sich streicheln. Sie lächelte, als sie Lavinias hoch aufgerichtetes Glied sah. Sehnsüchtig streckte Carole die Hände danach aus und Lavinia trat breitbeinig vor sie hin und schob ihr den Schwanz zwischen die Lippen. Carole lutschte daran wie an einer Zuckerstange, die Augen geschlossen, beide Hände auf Lavinias nackten Pobacken, die vor Lust bebten.

Carole war unsicher, denn Gerard beschwerte sich immer, dass sie ihn beim Blasen nicht zum Kommen brachte. Vorsichtig ließ sie ihre Zunge um die Eichel kreisen, dann nahm sie den Penis tief in ihre Mundhöhle auf und saugte daran, um ihn dann wieder ein Stück herausgleiten zu lassen und die samtige Eichel zu bearbeiten. Lavinia beschwerte sich nicht, also schien sie es zu genießen.

Juliette streichelte währenddessen ihre Brüste und zupfte an den harten Nippeln. Carole liebte es, wenn Juliette an ihnen saugte und sie mit der Zunge reizte. Das machte sie so heiß, dass sie sicher war, allein durch Juliettes Zungenspiele kommen zu können.

Jetzt aber sehnte sich ihre Möse nach einer ordentlichen Schwanzmassage. Lavinia schien Caroles Gefühle zu erraten, denn sie zog ihren Penis aus der Mundhöhle und trat zurück. Mit beiden Händen packte sie Caroles Beine, schob sie sich so zurecht, dass sie bequem in die heiße, feuchte Möse einfahren und Carole mit kräftigen Stößen vögeln konnte.

Ihr Kopf ruhte auf dem Polster der Liege. Das nutzte Juliette, um sich darüber zu knien und ihre Muschi auf Caroles Lippen zu pressen, damit diese sie zum Höhepunkt leckte. Schon nach den ersten zärtlichen Intimküssen begann Juliette vor Lust zu seufzen, während Lavinia immer heftiger in Carole stieß.

Schon braute sich der Höhepunkt zusammen. Lavinia merkte es an den heißen Wänden, die sich immer enge um ihren Schwanz legten, ihn massierten und drückten, um ihn zu melken. Als es soweit war, schoss ein heißer Strahl aus der harten Eichel, und seine lustvollen Zuckungen lösten auch ihren Orgasmus aus.

Juliette, die auf dem Gesicht ihrer Geliebten hockte, fingerte sich zeitgleich selbst zur Erlösung, sodass der sonst stille Park sekundenlang von leisen Schreien, Stöhnen und lustvollem Wimmern erfüllt war.

Danach lagen sie alle drei erschöpft auf der Liege und dem Rasen und versuchten, wieder zu Atem zu kommen. Lavinia erholte sich als Erste. Sie stand auf, zog ihr Tangahöschen wieder an und beugte sich über Carole.

„Ich mache dir jetzt ein starkes Frühstück." In Lavinias Blick schimmerte Zärtlichkeit. „Schlaf ein bisschen. Ich hole euch, wenn alles fertig ist."

Carole konnte nur mit einem schwachen Kopfnicken antworten. Selige Erschöpfung durchflutete sie.

*

Das Telefon in Caroles Zimmer klingelte unaufhörlich. Der Lärm weckte Nicolette aus ihren süßen Träumen. Sie setzte sich auf, lauschte einen Moment und ließ sich dann wieder in die Kissen fallen.

Drüben war es still. Wahrscheinlich hatte der Anrufer aufgegeben. Nicolette zog sich das Kissen über den Kopf und ließ sich erneut in Morpheus' Arme fallen, aber kurz bevor sie wegdämmerte, begann das Telefon erneut zu nerven.

„Geh endlich ran!", rief Nicolette und verkroch sich noch tiefer in die Kissen. Leider nützte es nichts. Das Telefon lärmte weiter mit einer Hartnäckigkeit, die an Frechheit grenzte.

Nicolette sprang aus dem Bett und lief ins angrenzende Zimmer. Caroles Bett war bereits gemacht, durch das große Fenster fiel Tageslicht und vergoldete die Ornamente auf dem alten Sekretär. Aber Nicolette hatte keinen Blick für den schönen Sommermittag. Wütend stapfte sie an den Nachttisch und riss das Telefon an sich.

„Zimmer von Carole Delors."

„Nicolette, bist du das?" Gerard klang, als stünde er kurz vor einer Hysterie. „Wo ist meine Frau?"

„Nicht hier. Meine Güte, Gerard, hör auf das Telefon zu quälen. Caro wird dich anrufen, wenn sie Zeit hat."

„Was heißt das?" Gerard war nicht so leicht abzuschütteln. „Zeit? Was treibt sie denn?"

„Du hast sie zur Therapie hergeschickt, erinnerst du dich?", fauchte Nicolette in den Hörer. „Wo also könnte eine Patientin um diese Zeit stecken?"

„Aber es ist Mittag und da ist Ruhe angesagt", beharrte Gerard stur. „Ich weiß es, ich habe den Tagesplan gelesen. Carole müsste also auf ihrem Zimmer sein."

„Ich weiß nicht, wo sie ist, ehrlich. Du solltest ihr mehr Freiraum lassen, denn den braucht sie für die Therapie. Vielleicht ist sie spazieren gegangen? Wir hängen nicht die ganze Zeit zusammen rum, musst du wissen."

Gerard brummte etwas Unverständliches. Dann riss er sich zusammen.

„Okay, dann versuche ich es in einer halbe Stunde noch mal. Sag ihr, dass ich …"

„Ups", sagte Nicolette zu sich selbst. „Das Gespräch wurde versehentlich getrennt. Tja, shit happens."

Sie ließ das aus der Wand gezogene Telefonkabel hinter der Kommode verschwinden. Es war besser so, denn Gerard würde Carole nie ihre Ruhe lassen.

*

Nicolette verbrachte den Tag im Schwimmbad und mit einem Spaziergang im Park, der allerdings rasch einem Hürdenlauf glich, denn überall traf sie auf Paare. Nicolette vermutete, dass es sich um Patientinnen und Therapeuten handelte, die sich ungeniert unter der heißen Sommersonne liebten.

Normalerweise hätte sie mit wachsender Lust zugesehen und es sich dabei selbst besorgt. Aber Jules hatte ihr heute früh beim Abschied strengstens verboten, zu masturbieren, und dieses Verbot wollte sie einhalten. Dummerweise machte sie der Gedanke, sich nicht selbst befriedigen zu dürfen, nur noch geiler. Bis zum Spätnachmittag war sie andauernd in ihr Zimmer gelaufen, um sich ein frisches Höschen anzuziehen. Aber es dauerte nur wenige Minuten, dann war auch das frische wieder nass von ihrem Lustsaft.

Zuletzt sah Nicolette nur noch eine Rettung. Sie zog ihren Bikini an und ging ins Schwimmbad, um ihre Energien beim Schwimmen abzubauen. Sie schwamm Bahn für Bahn, bis ihr Körper endlich abkühlte und sie an etwas anderes denken konnte als Sex.

Außer ihr befanden sich noch drei weitere Patientinnen im Bad, die sich über ihre Therapiestunden unterhielten.

„Ich hatte heute einen Megaorgasmus“, berichtete eine kleine, dralle Blondine. „Victor hat es mir mit einem Vibrator besorgt.“

„Ah, Victor.“ Die schlanke Rothaarige leckte sich genießerisch die Lippen. „Das ist ein toller Typ. Hast du gesehen, was der in der Hose trägt? Mann, da kannst du ein Bettlaken draufhängen, wenn der steif ist.“

„Ich habe immer noch Angst vor großen Schwänzen“, gestand die Dritte, eine überschlanke Brünette, mit Brüsten, die kaum mehr waren als geschwollene Nippel.

„Ach, du Gänschen“, lachte die Blonde. „Das ist doch das Beste an einem Mann. Die kleinen Schwänze machen keinen Spaß.“

Nicolette stand auf und verließ das Schwimmbad. Die Unterhaltung der Frauen stachelte ihre Lust von neuem an und das konnte sie nun wirklich nicht gebrauchen. Wenn sie noch geiler wurde, würde sie sich bestimmt nicht mehr zurückhalten können und doch gegen Jules’ Verbot verstoßen, was sie aber auf keinen Fall wollte, weil es nun mal zu dem Spiel gehörte, das er sich für sie ausgedacht hatte.

Sie ging in ihr Zimmer, legte sich aufs Bett und versuchte in dem Krimi zu lesen, den sie sich mitgebracht hatte. Leider schweiften ihre Gedanken immer wieder zu Jules und ihren Fantasien ab, in denen sie sich ausgiebig und in allen Stellungen mit seinem prächtigen Schwanz beschäftigte.

Als das Telefon zu läuten begann, zuckte Nicolette wie ertappt zusammen. Vor lauter Sehnsucht nach Jules riss sie den Hörer so temperamentvoll an sich, dass das Akkuteil herunterfiel. Atemlos vor Erwartung meldete sie sich.

„Komm bitte ins Zimmer hundertdrei“, befahl ihr Jules ohne ein einleitendes Wort. „Ich will dich in fünf Minuten vor mir stehen sehen.“

Nicolette schaffte es in zwei. Als sie die Tür aufriss, bereit, sich in Jules’ Arme zu stürzen, prallte sie jedoch zunächst einmal zurück.

Der Raum war düster, nur von wenigen Fackeln erleuchtet, deren Schein Folterinstrumente an den Wänden unheilvoll flackern ließ. In der Mitte stand ein Strafbock, davor ein Mönch, dessen Gesicht von einer schwarzen Kapuze so beschattet wurde, dass Nicolette es nicht erkennen konnte.

Er hob die Hand und winkte sie zu sich. Zitternd vor Erwartung näherte sie sich und ließ sich auf ein weiteres Handzeichen von ihm auf die Knie fallen.

„Hast du heute deine Gebete verrichtet?“

Die Stimme des Mönchs war so düster wie der Raum, aber sie erkannte sie trotzdem. Das altbekannte Prickeln breitete sich zwischen ihren Schenkeln aus. Sie bejahte, den Kopf devot gesenkt.

„Hast du sündige Gedanken gehabt?“

Diesmal schüttelte Nicolette den Kopf, wohl wissend, dass der Mönch die Lüge sofort durchschauen würde.

„Sag lieber die Wahrheit“, ermahnte er sie auch gleich. „Du weißt, ich muss dich bestrafen, wenn du mich belügst.“ Er trat noch näher an sie heran. „Also, hattest du heute sündige Gedanken?“

„Nur einmal“, hauchte Nicolette zittrig. „Aber das kam, weil ich unzüchtige Handlungen mit ansehen musste.“

„Musste?“

Der Mönch beugte sich über sie. Genussvoll sog Nicolette den Duft des vertrauten Körpers ein.

„Ja, es ging nicht anders.“

„Es geht immer anders“, berichtigte sie der Mönch. „Aber du hast nicht gewollt. Du hast dich an den unzüchtigen Handlungen ergötzt und dich dabei selbst berührt.“

„Nein, das habe ich nicht!“, rief Nicolette beschwörend. „Ich habe mich nicht berührt.“

„Ich werde das prüfen.“ Der Mönch wandte sich halb von ihr ab und deutete auf den Bock. „Leg dich darüber.“

Nicolettes Blick wanderte zu dem Möbelstück. Es wirkte einschüchternd, martialisch, schmerzhaft. Sie war nicht sicher, ob sie die Schmerzen, für die es gedacht war, ertragen konnte.

„Geh und leg dich nieder“, sagte der Mönch noch einmal. Ein drohender Unterton schwang in seiner Stimme.

Nicolette schluckte mühsam. Ihr Blick flog zur Tür, hinter der die rettende Freiheit lag, aber die Neugierde auf die Erfahrung überstieg die Angst vor den Qualen, die sie eventuell erwarteten. Statt zu fliehen, ging Nicolette zu dem Strafbock, beugte sich darüber und präsentierte dem Mönch ihren Po.

Der ließ sich Zeit. Nicolette konnte ihn nicht sehen, aber sie hörte, wie er hinter ihr hin und her ging, diverse Geräte heraussuchte – das Klappern der Gegenstände jagte ihr eine Gänsehaut nach der anderen über den Rücken – und dann zu ihr trat.

Mit einem einzigen Griff riss er ihr Höschen herunter. Nun lag sie mit blankem Hintern vor ihm. Aber das reichte dem Mönch noch nicht als Erniedrigung. Seine Hände packten grob zu, rissen Nicolettes Beine auseinander und legten weiche Ledermanschetten um ihre Knöchel.

„Was soll das?“ Nicolette fühlte sich unwohl in der Stellung. „Hör auf damit, bitte.“

„Wer hat dir erlaubt, mich zu duzen?“, fragte der Mönch mit dunkler Stimme.

Im nächsten Moment wurde Nicolettes Kopf zurückgerissen. Angstvoll blickte sie in das von der Kapuze beschattete Gesicht. Eigentlich sah sie nur eine schwarze Höhle.

„Du wirst mich, wenn überhaupt, nur mit Herr ansprechen. Hast du mich verstanden?“

„Okay.“ Nicolettes Seufzer mündete in einem entsetzten Schrei, als der Mönch heftig an ihren Haaren riss.

„Wie heißt das?“

„Ja, Herr“, sagte Nicolette schnell, worauf der Mönch ihren Kopf losließ und dafür blitzschnell ihre Handgelenke an den Bock fesselte.

Danach trat er hinter sie und betrachtete sie erst einmal ausgiebig. Fast meinte Nicolette, seine Blicke körperlich zu spüren, wie sie über ihre Pobacken strichen, bis zu ihrem Möschen, das sie ihm so offenherzig präsentierte.

Plötzlich spürte sie seine Hand. Die Finger strichen über die Spalte, teilten die intimen Lippen und suchten die Öffnung. Nicolette stöhnte, als er in sie eindrang und die inneren Wände zu reizen begann. Doch in dem Augenblick, als sie begann, sich ganz diesen Fingerspielen hinzugeben, zog der Mönch die Hand mit einem Ruck zurück und versetzte ihr einen schmerzhaften Schlag auf den Hintern.

„Aua!“ Nicolettes Lust schlug in Ärger um. „Lass das endlich, Jules, das macht keinen Spaß.“

„Jules?“ In der dunklen Stimme schwang Unheil. „Wie kommst du dazu, mich so zu nennen? Kennst du etwa einen Mann diesen Namens? Ah, jetzt verstehe ich. Ihm gelten deine lüsternen Gedanken. Oder etwa nicht?“

„Nein“, log Nicolette, immer noch ärgerlich. „Und wenn, dann ginge Sie das auch nichts an.“

Ein zweiter Schlag ließ sie erneut aufschreien.

„Es wird wirklich höchste Zeit, dass ich dir Disziplin beibringe“, stellte der Mönch fest. „So eine widerspenstige, unerzogene Novizin haben wir noch nie an unserer Einrichtung gehabt.“

Er rumorte hinter ihrem Rücken mit irgendwelchen Geräten herum, dann trat er vor sie und breitete eine Reihe von Instrumenten aus, die ihr einen gehörigen Respekt einjagten.

„Du wirst doch nicht …“

Der Rest des Satzes blieb ihr im Hals stecken, als der Mönch einen langen Stiel ergriff, an dessen Ende ein breiter Lederstreifen baumelte.

„Für dein wahrlich ungebührliches Verhalten wirst du genau acht Schläge auf deinen nackten Arsch erhalten. Vier links, vier rechts. Das wird deine Aufsässigkeit vertreiben.“

Nicolette starrte ihn fassungslos an. „Nein!“, rief sie, aber der Mönch ging ungerührt um den Bock herum und nahm hinter ihr Aufstellung.

„Du kannst hier heulen und schreien wie du willst. Es wird dich niemand hören.“

Damit holte er aus und der erste Hieb sauste auf ihre nackten Backen nieder. Glücklicherweise war der Schlag nicht so heftig wie erwartet. Er war schmerzhaft, aber zugleich löste er ein wildes Prickeln in ihrer Möse aus. Beim zweiten Schlag, der genau die Stelle traf, die bereits von dem Hieb summte, begannen die ersten Tropfen Lustsaft aus Nicolettes Möse zu quellen.

Der Lederstriemen sauste erneut durch die Luft und klatschte auf ihre Backen. Diesmal war der Schmerz heftig, aber zugleich machte er sie nur noch geiler. Am liebsten hätte sie sich selbst Erlösung verschafft, aber ihre Stellung und die Fesseln machten es ihr unmöglich sich zu bewegen, geschweige denn, zu masturbieren.

Wieder sauste das Paddel nieder und dann noch einmal, wohl dosiert, sodass sich Schmerz und Lust die Waage hielten. Nicolettes Hintern brannte von den Schlägen, in ihrer Möse pochte und bohrte die Lust, doch dann folgten die letzten drei Schläge, und die setzte der Mönch so kurz und scharf, dass sie Nicolette einfach nur Pein bereiteten.

Sie schrie auf, Tränen schossen ihr in die Augen, aber kaum hatte der Mönch die Strafaktion beendet, erwachte eine solche Geilheit in ihr, dass sie nun vor Verlangen wimmerte.

Die Feuchtigkeit zwischen ihren Beinen wuchs, was den Blicken des Mönchs nicht entging.

„Sieh an, du bist noch immer nicht geheilt", stellte er fest. „Da werde ich noch ein wenig strenger sein müssen."

Er trat zu den Instrumenten, die vor Nicolette ausgebreitet auf dem Fußboden lagen, und ergriff eine Peitsche mit vier langen Lederriemen. Eine Weile wog er sie in seiner Hand, als sei er nicht sicher, ob er das richtige Bestrafungsgerät gewählt hatte, dann stellte er sich neben Nicolette und holte aus.

Sie biss die Zähne zusammen, entschlossen, nicht zu schreien. Aber als der erste Schlag auf sie niederpfiff, konnte sie nicht anders. Der Schrei brach aus ihr heraus, während der Schmerz auf ihrer Haut explodierte und bis in ihr Innerstes zu dringen schien. Nicolette sah bunte Blitze vor den Augen, die Luft blieb ihr weg, aber der Mönch ließ ihr keine Zeit, sich zu erholen. Schon sauste die Peitsche erneut auf sie nieder, die Riemen fraßen sich in ihre Arschbacken, sodass Nicolette erneut schrie.

Der dritte Schlag war so gigantisch, dass sie beinahe bewusstlos wurde. Ihr Hintern brannte wie Feuer, aber der Mönch schlug erneut zu, bis Nicolette vor Schmerzen nicht einmal mehr schreien konnte. Wimmernd lag sie über dem Bock und wünschte sich nur noch, dass die Welt untergehen und sie und diesen Mönch mitreißen möge.

Ergeben in ihr Schicksal erwartete sie den nächsten Schlag. Als er ausblieb, hob sie erstaunt den Kopf und sah sich um. Der Mönch stand hinter ihr, die Peitsche in der Hand und starrte sie an.

Im nächsten Moment holte er weit aus, die Lederriemen pfiffen, als sie niedersausten und auf Nicolettes Arschbacken klatschten. Sie stieß ein würgendes Geräusch aus, dann sackte sie zusammen, zu geschwächt, um sich halten zu können.

„Nun will ich sehen, ob du geläutert bist", hörte sie die Stimme des Mönchs. „Leck meine Kutte sauber."

Nicolette schluckte mühsam. Niemals, funkte ihr Stolz. Sie würde sich vor diesem elenden Kuttenträger nicht so weit erniedrigen! Als er dicht vor sie hintrat, drehte sie den Kopf weg.

„Auch gut.“ Der Mönch nickte bedächtig. Aufreizend langsam ging er um sie herum, stellte sich erneut hinter sie und fasste ihr zwischen die Beine.

Ihr Fötzchen war vor Lust geschwollen. Obwohl sie höllische Schmerzen erlitten hatte und sie sich über die demütigende Behandlung ärgerte, war sie erregt wie nie zuvor in ihrem Leben. Ich muss total verrückt sein, dachte sie verschwommen, während sie sich fragte, jeden Muskel angespannt, was der Mönch nun mit ihr tun würde.

Seine Hand lag auf ihrer geschwollenen Möse. Obwohl er nichts tat, steigerte allein die Berührung ihre Lust. In ihrem Inneren prickelte und kitzelte es, dass sie fest die Zähne zusammenbeißen musste, um nicht vor Geilheit laut aufzustöhnen.

Plötzlich fühlte sie die Finger an ihren Arschbacken. Langsam schoben sie sich zwischen die beiden Halbkugeln, suchten ihren Anus und strichen darüber. In dem Moment, in dem Nicolette sich entspannte, stieß der Mönch seinen Zeigefinger tief in sie hinein, um diesen in ihrem hinteren Eingang auf und ab wandern zu lassen.

Es war ein neues Gefühl, von dem Nicolette noch nicht wusste, ob sie es als angenehm oder widerlich empfand. Doch ihr blieb keine Zeit, sich darauf einzustellen, denn plötzlich durchfuhr sie ein herber Schmerz, der durch ihre Schamlippen in ihre Möse und von dort bis hinauf in ihren Unterbauch schoss.

Der Mönch hatte ihr in die Klit gekniffen! Der Schmerz ließ die Lust für einen Moment zusammensacken wie kalte Asche, aber als der Mönch begann, mit der Fingerkuppe über die Schamlippen und die intime Öffnung zu streifen, flammte das Verlangen erneut auf.

Obwohl sie sich dafür verfluchte, konnte sie sich nicht zurückhalten. Leise stöhnend bewegte sie ihr Becken hin und her, damit die streichelnden, neckenden Finger jede noch so verborgene Stelle erreichen konnten.

Sie spürte, wie sich ein zweiter Finger in ihren Anus bohrte. Das Gefühl war unbeschreiblich. Hinten der Dehnungsschmerz, in ihrem Fötzchen die Lust. Nicolette stöhnte immer lauter, bewegte sich immer unkontrollierter.

Plötzlich schoss eine neue Stichflamme durch ihren Leib. Der Mönch hatte erneut in ihre Klit gekniffen, was die Lust umgehend vertrieb. Als er ein drittes Mal zukniff, entfuhr Nicolette ein Schrei, der selbst in ihren Ohren betäubend schrill klang.

Der Mönch zog seine Hände zurück und trat vor sie.

„Wirst du jetzt meine Kutte ablecken?"

In seiner Stimme klang Spott, der Nicolette noch mehr erniedrigen sollte. Sie stöhnte leise. Schon war sie geneigt, erneut zu verneinen, da bückte sich der Mönch und hob eine Zange mit zwei langen Griffen hoch. Nicolette brauchte keine Fantasie, um sich vorstellen zu können, was er damit alles anstellen würde.

„Ja, ja, Herr, ich lecke Ihre Kutte", gab sie klein bei, worauf der Mönch nickte.

Er legte die Zange zurück, stellte sich vor Nicolette auf und hob die Kutte an ihre Lippen.

Brav fuhr sie mit der Zunge über den rauen Stoff. Es war ein unangenehmes Gefühl, aber Nicolette versuchte, es zu ignorieren und leckte weiter, bis ihr Mund sich staubtrocken anfühlte.

Als hätte der Mönch das geahnt, hob er seine Kutte an und rammte Nicolette seinen harten Schwanz zwischen die Lippen.

„Leck ihn sauber, aber gib dir Mühe", mahnte er mit dunkler Stimme.

Nicolette gehorchte auch diesmal. Sie begann mit der Spitze, umkreiste sie mit der Zunge und leckte durch die kleine Öffnung am obersten Punkt, um sich dann langsam den Schaft entlang bis zu den Hoden weiterzuarbeiten. Sie ließ keinen Millimeter aus, leckte und knabberte sachte, aber zu ihrer Enttäuschung gab der Mönch durch keinen Laut zu erkennen, ob ihm die Behandlung gefiel oder nicht.

Als sie schon glaubte, sie würde bis in alle Ewigkeit hier liegen und ihre Zunge ramponieren müssen, trat der Mönch zurück und ließ die Kutte über seine Blöße fallen.

Nicolette gelang es gerade noch, den erleichterten Seufzer zu unterdrücken, der ihr in der Kehle saß, aber sie hatte sich zu früh gefreut. Der Mönch drehte sich um, hob seine Kutte erneut und streckte ihr seinen nackten Hintern entgegen.

„Und jetzt leck meine Backen“, verlangte er barsch.

Fassungslos starrte Nicolette auf die beiden Halbkugeln. Sie hatte ja schon einiges gemacht und war immer für Experimente offen, aber einem Mann buchstäblich den Arsch zu lecken überstieg sogar ihre Freizügigkeit.

„Und?“, fragte der Mönch, als sie nicht reagierte.

„Nein!“ Nicolette schüttelte den Kopf. „Alles, aber das nicht.“

Der Mönch richtete sich auf. „Kind, weshalb machst du es dir mit deiner Bockigkeit nur so schwer?“

Nicolette hatte den Eindruck, als würde Bedauern in seiner Stimme mitschwingen. Allerdings widersprach sein Schwanz diesem Eindruck. Er schien sich regelrecht durch die Kutte bohren zu wollen.

„Jetzt muss ich dich schon wieder zur Gefügigkeit erziehen.“

Er bückte sich, hob die Zange auf und ließ sie ein paar Mal vor Nicolettes Augen auf- und zuschnappen. Ihr wurde eiskalt bei diesem Anblick.

„Nein!“, flehte sie. „Bitte, Herr, das nicht auch noch.“

Der Mönch schüttelte den Kopf. „Das hättest du dir vorher überlegen müssen“, sagte er streng. „Deine Weigerung zeigt mir, dass du noch immer nicht bereit bist, bedingungslos zu gehorchen, wie es sich für eine gute Novizin gehört. Ich kann dich erst entlassen, wenn du zur absoluten Unterwerfung bereit bist.“

Nicolette begriff, dass er keine Gnade walten lassen wollte. In ihrer Verzweiflung begann sie, an ihren Fesseln zu zerren, was völlig nutzlos war, denn die Verschlüsse saßen fest. Sie war dem Mönch hilflos ausgeliefert, der sich ihres Fötzchens bedienen konnte, wie immer es ihm beliebte.

Um ihre Pein zu steigern, klapperte er ein paar Mal mit der Zange. Bei jedem Klipp-Klapp zuckte Nicolette zusammen, und als das kühle Eisen ihre Schamlippen berührte, entfuhr ihr unwillkürlich ein Schrei.

Der Mönch lachte leise, offensichtlich amüsierte er sich über ihre Angst. Langsam strich er die Zangenschenkel durch ihre Spalte, immer auf und ab, um sie dann sanft gegen die Öffnung zu drücken. Schon glaubte Nicolette, er wollte sie mit dem kalten Instrument ficken, da zwickte er ihr in die äußeren Intimlippen. Erneut schrie Nicolette auf.

Der Mönch blieb unbeeindruckt. Er nahm sich nun die andere Lippe vor, kniff hinein, und wechselte dann wieder zur anderen hinüber. Nicolette schrie, wimmerte, stöhnte, während sie verzweifelt versuchte, ihren Unterleib wegzuziehen. Als sie sich zu heftig bewegte, griff der Mönch mit der freien Hand an ihre Möse, spreizte die äußeren Lippen und kniff mit der Zange in die inneren, worauf Nicolette einen wilden Schrei ausstieß.

Der Schmerz war kaum auszuhalten. Er fuhr durch ihren gesamten Körper, ebbte nur langsam ab und konzentrierte sich schließlich in ihrem Döschen, wo er sich zu Nicolettes Erstaunen in ein süßes Kribbeln verwandelte.

Carole hatte wirklich recht. Sie war krank, sexsüchtig! Wie sonst konnte sie bei solchen Qualen Lust empfinden?

Der kühle Stahl näherte sich erneut ihrer Scheide. Nicolette biss die Zähne zusammen und spannte sämtliche Muskeln, aber als der Mönch die Zange zuschnappen ließ, konnte sie den Schrei nicht zurückhalten. Noch während sie mit den unwahrscheinlichen Schmerzen kämpfte, trat er erneut vor sie hin, hob seine Kutte und reckte ihr wortlos seinen Hintern vors Gesicht.

Diesmal gehorchte Nicolette ohne jede Diskussion. Sie leckte, als würde es sich nicht um Arschbacken handeln, sondern um leckere Melonen oder riesige Eiskugeln, von denen sie nicht genug bekommen konnte. Der Mönch kannte jedenfalls keine Grenzen. Nachdem sie ihn eine Weile geleckt hatte, griff er nach hinten, zog seine Arschbacken auseinander und befahl Nicolette auch seine Kimme zu säubern.

Sie schreckte zuerst zurück, aber da sie kaum Raum zum Ausweichen hatte und der Mönch seinen Hintern nun so dicht vor ihren Mund hielt, dass ihre Lippen ihn bei jeder Bewegung des Kopfes streiften, gehorchte sie schließlich und ließ ihre Zungenspitze durch die Spalte wandern.

Sie ließ ihre Zunge durch die Spalte gleiten, suchte dann die Öffnung und stippte mit der Spitze darauf, was dem Mönch zu gefallen schien, denn er zog seine Backen noch weiter auseinander, damit die Öffnung gespreizt wurde und Nicolette die zarte Haut des Eingangs reizen konnte.

Jetzt tat es ihr wirklich leid, dass sie ihre Hände nicht zu Hilfe nehmen konnte, denn sie hätte die Arschbacken gerne noch weiter auseinandergezogen. So musste sie sich nur auf ihre Zunge konzentrieren und mit dieser versuchen, immer tiefer in den Hintern einzudringen.

Der Mönch begann zu keuchen. Super, jetzt hatte sie ihn endlich soweit!

Nicolette versuchte, mit ihrer Zunge die Öffnung zu weiten, um die Spitze noch weiter hineinzuschieben, was ihr auch teilweise gelang. Leider ließ der Mönch genau in diesem Moment eine Arschbacke los, sie schnellte zurück und die Öffnung wurde wieder eng. Nicolette leckte das Loch trotzdem eifrig weiter, weil der Mönch begonnen hatte, sich zu wichsen und die Stimulation seines Anus dabei offensichtlich sehr genoss. Sie hörte das klatschende Geräusch. Gleich kommt er, dachte Nicolette verschwommen, während sie ihre Zungenspitze wieder und wieder in die Öffnung stieß. Gleich spritzt er ab und dann wird er mich hoffentlich losbinden und mich ordentlich vögeln, damit ich endlich dieses höllische Kribbeln loswerde.

Zu ihrer maßlosen Enttäuschung hörte der Mönch genau in diesem Moment auf, sich zu wichsen und streifte seine Kutte wieder über seinen Arsch. Ohne ein Wort umrundete er den Strafbock, stellte sich hinter Nicolette und strich über ihre Spalte. Sie versteifte sich sofort, in der Erwartung neuer Schmerzen, aber stattdessen durchfuhr sie ein äußerst angenehmes Gefühl, als der Mönch seine Schwanzspitze so nahe an ihre Klit führte, dass sie darüber rieb, während er sich wieder wichste.

Endlich schien auch er sich nicht mehr beherrschen zu können. Nicolette hörte sein Stöhnen und Keuchen und das Klatschen seiner Hand.

Die Wollust des Mönchs stachelte auch Nicolettes Geilheit an. Schon zog sich alles in ihr zusammen, der Orgasmus baute sich zu einer riesigen Welle auf, die jeden Moment überschäumend zusammenbrechen konnte. Da rammte der Mönch seinen knallharten Speer tief in ihre Möse und fickte sie, dass Nicolette buchstäblich Hören und Sehen verging.

Der gewaltige Schwanz füllte sie ganz und gar aus, rieb ihre Wände und den G-Punkt, und führte Nicolette so zu höchsten Freuden.

Als sie kam, zog sich ihre Scheide derart fest um den Schwanz, dass der Mönch sich nicht mehr in ihr bewegen konnte. Er blieb stocksteif stehen und überließ es der gierigen Möse, seinen Saft herauszumelken.

Sie kamen beide im gleichen Moment zum Höhepunkt. Der Mönch keuchend, Nicolette wimmernd. Sie spürte, wie der Mönch pulsierend in ihr abspritzte, dann hatte auch sie den absoluten Höhepunkt erreicht und für einen köstlich langen Augenblick versank alles um sie herum.

Dann glitt der Schwanz aus ihr heraus und im nächsten Moment schoss ein Strahl aus Nicolettes Vagina, der die braune Kutte des Mönches traf und einen riesigen weißen Fleck hinterließ. Der Mönch holte tief Luft, dann löste er die Fesseln von Nicolettes Armen und Beinen und zog sie von dem Strafbock hoch und an seine Brust.

„Es ist gut“, flüsterte er ihr ins Ohr. „Du hast es überstanden.“

Nicolette brummelte etwas Unverständliches. Sie fühlte sich entsetzlich schwach. So schwach, dass sie nicht einmal auf ihren Füßen stehen konnte. Aber ihr Geliebter ahnte das.

Mit kraftvollem Schwung hob er sie hoch und trug sie aus dem Folterzimmer, den Flur entlang in ihr Schlafzimmer, wo er sie behutsam in die Kissen gleiten ließ.

„Jetzt ruh dich aus", flüsterte er zärtlich, wobei er ihr liebevoll übers Haar strich.

Nicolette war schon halb eingeschlafen. Sie merkte kaum, dass Jules das Zimmer verließ.

*

Schwester Agnes verweigerte dem nächtlichen Besucher den Zutritt.

„Es ist halb elf Uhr nachts", erklärte sie mit einer Strenge, die keinen Widerspruch duldete. „Unsere Patientinnen brauchen Ruhe. Kommen Sie morgen früh wieder."

„Aber ich will meine Frau jetzt sehen", beharrte der Besucher wütend. „Das ist mein gutes Recht. Schließlich bezahle ich diesen ganzen Humbug hier."

Schwester Agnes maß ihn mit einem verächtlichen Blick. „Morgen früh", sagte sie noch einmal, „wir sind schließlich kein Hotel, in dem jeder kommen und gehen kann, wie er will", drehte sich um und schlug dem Störenfried die Tür vor der Nase zu.

Gerard war zuerst zu verdattert, um reagieren zu können. Aber dann begann er, wütend gegen das Portal zu hämmern. Allerdings ließ seine Energie schnell nach, als ihm bewusst wurde, wie sinnlos sein Protest war. Alles, was ihm sein Benehmen einbringen würde, war eine Klage wegen Ruhestörung. Resigniert schlich er die Treppe hinunter und ging zu seinem Wagen, den er auf dem dafür vorgesehenen Platz hinter der Hecke abgestellt hatte. Er blieb stehen und lauschte. In der Ferne war das Brummen eines Motors zu hören. Das Geräusch näherte sich rasch, wurde stetig lauter. Es musste sich um einen getunten Sportwagen handeln oder um ein schweres Motorrad. Auf jeden Fall kam da nichts Kleines angefahren.

Einer Eingebung folgend hechtete Gerard hinter die Hecke und ging dahinter in Deckung. Keine Sekunde zu früh, denn schon tauchte auf der Zufahrt der Lichtkegel eines Scheinwerfers auf. Nur kurze Zeit später wurden die Treppe, das Portal und ein Teil der Fassade in Licht getaucht und dann brummte eine große, schwere Maschine heran, auf der zwei Gestalten hockten.

Der Fahrer stoppte das Motorrad vor der Treppe und wartete, bis sein Sozius abgestiegen war. Als dieser den Helm abnahm und sein blondes Haar auf die Schultern flutete, wusste Gerard, wen er da vor sich hatte. Er wollte schon aufspringen und zu Carole laufen, aber da sah er, dass der Fahrer ebenfalls seinen Helm abnahm und seine Hände auf Caroles Hüften legte. Im nächsten Moment küssten sie sich hingebungsvoll.

Gerard blieb die Spucke weg. Fassungslos sah er zu, wie seine Frau die andere immer leidenschaftlicher küsste. Als er endlich begriff, was da lief, sprang er auf und eilte zu den beiden, die so in ihren Kuss vertieft waren, dass sie sein Kommen nicht bemerkten. Erst als er Carole grob an den Schultern packte und sie herumreißen wollte, fuhr das Paar auseinander und starrte ihn verblüfft an.

„Carole! Da schicke ich dich hierher, damit du lernst, endlich wie eine normale Frau zu empfinden und dann züngelst du hier mit einer Lesbe herum!"

„Hey, du Spinner!"

Die Lesbe hatte blitzschnell ihr Motorrad auf den Seitenständer gestellt und war abgestiegen. Jetzt schob sie sich zwischen Gerard und Carole und funkelte ihn wütend an. Ihre Hand packte seinen Kragen und zog ihn so dicht zu sich heran, dass Gerard in ihre vor Zorn funkelnden Augen blicken musste.

„Was bist du denn für ein Komiker?" Ihre Stimme klang dunkel vor unterdrücktem Zorn. Oder einfach, weil sie ein Mannweib war. „Bildest du dir ein, dass ein Kerl wie du hier einen auf dicke Hose machen darf? Mensch, vergiss es und wage ja nicht, die Hand gegen meine Frau zu erheben."

„*Deine* Frau?“ Gerards Stimme überschlug sich vor Fassungslosigkeit und Wut. „Das ist immer noch *meine* Frau, verstanden?“

Er versuchte, die Finger der bekloppten Lesbe von seinem Hemdkragen zu lösen, aber sie war kräftiger als er vermutet hatte.

„Das interessiert mich einen Scheißdreck“, fauchte sie ihm mitten ins Gesicht. „Wenn du sie noch einmal so behandelst, hau ich dich in Stücke.“

Das glaubte Gerard ihr aufs Wort. Diese Kampflesbe würde ihn zerquetschen wie einen Käfer, wenn sie richtig in Rage kam. Da war es besser, den Mund zu halten und sie nicht weiter zu provozieren.

Sie ließ ihn los, als sie seine Kapitulation erkannte. Sie drehte sich zu Carole um, die die Szene ängstlich beobachtet hatte.

„Wenn du willst, kannst du heute Nacht bei mir schlafen.“

Caroles Blicke flogen zwischen Gerard und dieser Zicke hin und her, dann schüttelte sie den Kopf.

„Nein, lieber nicht.“ Sie trat einen Schritt zurück. „Es ist besser, wenn ich hier bleibe. Gerard wird mir nichts tun, keine Sorge. Er kann nur manchmal etwas … direkt sein.“

Das Portal wurde geöffnet, gleich darauf erschien der Arzt, den Gerard von der Webseite kannte, Dr. Jules Benoit, auf dem obersten Treppenabsatz. Er blieb einen Moment stehen, dann kam er eiligen Schrittes die Treppe heruntergelaufen.

„Was ist hier los?“ Seine Blicke wanderten zwischen den drei Menschen hin und her. „Wieso veranstalten Sie einen solchen Lärm? Noch dazu um diese Zeit?“

Die Lesbe sah Gerard auffordernd an. „Verzeihung“, begann er. „Wir hatten eine kleine Meinungsverschiedenheit, aber die ist nun aufgeklärt. Es ist alles in Ordnung.“

Der Arzt musterte ihn prüfend. Er sah verdammt gut aus. Ob er die Weiber hier alle ficken durfte? Ein Traumjob!

Oben wurde das Portal erneut geöffnet und Nicolette trat aus der Halle. Sie kam und stellte sich neben Carole. Na prima, noch mehr Leute, die gegen ihn waren.

„Wer sind Sie eigentlich?“, wollte der Arzt indessen wissen.

„Gerard Delors“, beeilte er sich, das Versäumte nachzuholen. „Ich wollte meine Frau besuchen.“

„Um diese Zeit?“

Gerard geriet ins Stottern. „Ich … äh … musste mich davon überzeugen, dass es ihr gut geht, denn ich kann sie telefonisch seit Tagen nicht erreichen.“

Der Arzt wandte sich an die Kampflesbe. „Und welche Rolle spielst du in diesem Schauspiel?“

Hier schienen sich alle zu kennen, nur Gerard kam sich wie ein Idiot vor.

„Ich habe Carole nach Hause gebracht“, antwortete diese. „Als wir ankamen, hat sich dieser Neandertaler auf Carole gestürzt und sie beschimpft.“

„Aber nur, weil sie mit dir geknutscht hat!“, warf Gerard hastig ein. An den Arzt gewandt fuhr er in einem um Verständnis bittenden Ton fort: „Da wird man als Ehemann doch mal ausrasten dürfen, oder?“

Der Arzt grinste. Altes Schwein, dem gefiel dieses Lesbengedöns wahrscheinlich auch noch! Er wandte sich Carole zu.

„Sind Sie verletzt?“

„Nein, nein“, versicherte sie. „Ich bin in Ordnung. Es war nicht so schlimm.“

„Gut, dann schlage ich vor, dass wir alle in unsere Zimmer gehen, beziehungsweise nach Hause fahren.“ Letzteres war an die Lesbe gerichtet, die auch prompt zu ihrem Motorrad ging. „Es ist spät, den Rest klären wir morgen.“

„Kann ich bei meiner Frau übernachten?“, fragte Gerard, in der Befürchtung, dass man ihn vergessen könnte und er auf der Parkbank schlafen musste.

Carole nickte Gott sei Dank.

„Na gut“, gab der Arzt nach. „Aber ich möchte keine Streitereien hören. Sollten Sie noch einmal handgreiflich werden, werde ich umgehend Ihren Verweis aus der Klinik veranlassen.“

„Natürlich. Ich bitte nochmals um Verzeihung dafür“, sagte Gerard sicherheitshalber, weil er spürte, dass seine Frau hier eindeutig mehr Fürsprecher hatte, als er bewältigen konnte.

„Dann machen wir jetzt Schluss." Der Arzt deutete zur Treppe, worauf sich Carole und Gerard in Bewegung setzten. Dann wandte sich der Doc noch mal der Motorradmieze zu.

„Wir sehen uns morgen", rief er.

Sie nickte, stülpte sich den Helm auf den Kopf und trat den Motor an. Gleich darauf brauste sie davon, eine Wolke von Abgasgestank hinterlassend, von der alle Beteiligten eingehüllt wurden.

*

In Caroles Zimmer angekommen, schloss Gerard als erstes die Verbindungstür.

„Was ist das hier für eine komische Klinik?", murrte er. „Zimmer mit Verbindungstüren, Lesben auf Motorrädern. Ein Arzt, den man eher auf einem Männer-Model-Kalender vermuten würde … Was hast du hier gemacht? Mit allem gefickt, was Beine hat? Dann will ich mein Geld zurück, denn dafür habe ich nicht bezahlt."

Bei seinen Worte verkroch sich die sowieso schon verängstigte Carole noch mehr in sich selbst. Wie ein gescholtenes Kind stand sie vor dem Bett, den Kopf gesenkt, die Hände auf dem Bauch verschränkt.

„Hey", sagte Gerard etwas sanfter. „Ich rede mit dir, Süße. Was hatte der Auftritt mit der Lesbe zu bedeuten? Willst du mir das nicht wenigstens erklären?"

Carole schluckte mühsam.

„Wir sollen unsere Sexualität ausloten. „Deshalb müssen wir alles Mögliche ausprobieren."

„So ein Quatsch!" Gerard begann, wie ein Schuldirektor vor dem Bett auf und ab zu gehen. „Ich habe dich hierher geschickt, damit du endlich lernst, Spaß am Sex mit *mir* zu haben, nicht mit anderen Männern oder Frauen."

„Das hat doch nichts mit dir zu tun", murmelte Carole hilflos.

„Aha. Vielleicht sollte ich mal überprüfen, ob die ganze Sache schon einen Erfolg zeigt", meinte er mit einem gemeinen Lächeln. „Ich meine, wenn du für eine Lesbe die Beine breitmachst und Spaß daran hast, dich von ihr befingern zu lassen, dann sollte dir das doch auch bei mir Freude machen."

Carole wich nicht zurück. Als er sie hochhob und aufs Bett warf, tröstete sie sich mit dem Gedanken, dass die Sache schnell vorbei sein würde. Sie schloss die Augen, als er ihren Minirock über die Hüften schob und den Slip auszog.

Bereitwillig öffnete Carole die Schenkel, sodass er ihr Döschen sehen konnte. Aber Gerard nahm sich nicht die Zeit, es zu betrachten oder gar zu liebkosen. Mit fahrigen Griffen öffnete er seinen Hosenschlitz, holte seinen Schwanz heraus, rieb ihn ein paar Mal, damit er steif wurde, und rammte ihn ihr dann in die Pussy.

Er brauchte wie immer nur wenige Male ein- und auszufahren, dann kam er mit lautem Ächzen und Stöhnen, um danach über Carole zusammenzubrechen und ihr seinen heißen Atem ins Gesicht zu keuchen.

„Na, gut", meinte er schließlich, nachdem er sich erholt hatte. „Irgendwie ist alles noch dasselbe. Da muss ich mich wohl mal bei dem gut aussehenden Doc beschweren. Und dann fahren wir morgen nach Hause."

Bei seinen Worten hatte Carole sich hastig auf die Seite geworfen, damit Gerard nicht sah, dass ihr die Tränen in die Augen schossen. Der Gedanke, dass sie Juliette und Lavinia nie wiedersehen sollte, war so furchtbar, dass sie am liebsten geschrien und Gerard irgendetwas über den Kopf gehauen hätte.

Wieder einmal beneidete sie Nicolette, die sich so eine Behandlung ganz bestimmt nicht hätte gefallen lassen. Aber Nicolette war eben aus ganz anderem Holz geschnitzt. Ach, wenn sie sich doch nur ein kleines Stückchen aus Nicolettes Selbstbewusstsein herausschneiden könnte!

*

Nicolette lag bereits im Bett als Jules hereinkam. Im Dunkeln tastete er sich durchs Zimmer, dann schlüpfte er unter die Decke und kuschelte sich dicht an ihren warmen Körper.

„He, du schläfst ja noch gar nicht." Leise lachend zog er sie in seine Arme. „Hast du etwa noch Lust auf ein kleines Spielchen?"

„Mhm, vielleicht." Sie drehte sich um und vergrub ihr Gesicht an seiner Brust. „Aber erst musst du mir erzählen, woher du diese Frau kennst."

„Welche Frau?"

„Die Motorradfahrerin", half Nicolette ihm auf die Sprünge. „Du hast sie geduzt."

„Höre ich da etwa ein eifersüchtiges Tönchen in deiner Stimme?", neckte Jules sie, worauf Nicolette ihm in die Brustwarze kniff.

„Aua!" Hastig rückte er ein Stück von ihr ab. „Okay, okay, ich gestehe. Ich kenne die Frau und das sogar gut und lange."

„Wie gut?" Jetzt war Nicolette tatsächlich eifersüchtig. Dass Jules mit anderen Frauen schlief, machte ihr nichts aus. Aber sein Herz sollte ihr allein gehören.

„Nun, sehr gut", antwortete er und rutschte vorsichtshalber noch ein Stück von Nicolette weg. „Ich liebe sie, um ehrlich zu sein."

Seine Worte waren wie Ohrfeigen, die Nicolette mitten ins Gesicht trafen. Obwohl sie sonst nicht nah am Wasser gebaut hatte, schossen ihr Tränen in die Augen.

„Ach, so", würgte sie mühsam hervor. „Liebst du sie so sehr, dass du sie heiraten würdest?"

„Durchaus."

Nicolette spürte, wie sich ein eiserner Ring um ihr Herz legte. Da hatte sie endlich mal einen Mann getroffen, sich in ihn verliebt, der ganz auf ihrer Wellenlänge funkte, und der musste natürlich vergeben sein. Das tat weh.

Jules setzte sich auf. „Aber das geht nicht."

„Nicht?" Nicolette schöpfte Hoffnung.

„Hierzulande sind Ehen unter Geschwistern verboten."

„Geschw…"

Nicolette erstarrte, doch schon einen Augenblick später bekam Jules ihre Fäuste zu spüren. Im nächsten Moment rollten sie über die Matratze wie zwei balgende Welpen. Schließlich bekamen sie beide keine Luft mehr und blieben erschöpft liegen.

„Dann schläft Carole also mit deiner Schwester", keuchte Nicolette, nachdem sie sich ein wenig erholt hatte. „Steht sie ausschließlich auf Frauen?"

„Nein, Juliette ist bisexuell", erzählte Jules. „Ach, eigentlich schläft sie mit allem, was bei drei nicht auf den Bäumen ist. Frauen, Männer, Hermaphroditen, sie kennt keine Grenzen. Aber das ist okay so, sie lebt und liebt ihr Leben intensiv und belastet sich nicht mit bürgerlichen Vorbehalten und Vorurteilen. Da unsere Eltern schon lange nicht mehr leben, sah sie auch nie den Zwang, irgendwem etwas vorspielen zu müssen."

„Und du? Machst du es auch ab und zu mit Männern?"

„Nur, wenn es zum Spiel gehört." Jules rutschte näher. „Möchtest du, dass ich es mir mal von einem Kerl besorgen lasse?"

Nicolette musste nicht über diese Frage nachdenken. „Ja", antwortete sie spontan. „Das würde mich unheimlich antörnen."

Eigentlich tat das schon allein der Gedanke. Sich vorzustellen, wie ein gut gebauter Kerl mit einem Baumstamm von Geschlecht den Schwanz ihres Geliebten lutschte und wichste, machte sie unglaublich heiß.

*

Als Carole erwachte, zeigte die Digitalanzeige auf ihrem Wecker die siebente Morgenstunde an. Neben ihr sägte Gerard die Reste des Regenwaldes ab. Es war sagenhaft, zu welcher Phonstärke er im Schlaf auffahren konnte.

Leise schlich Carole ins Bad. Gerard schlief immer noch, als sie ins Schlafzimmer zurückkehrte. Ein zweifelnder Blick flog zur Tür. Ob er es bemerkte, wenn sie einfach heimlich verschwand? Normalerweise war Gerard ein Langschläfer, der an seinen freien Wochenenden oder im Urlaub selten vor Mittag aus dem Bett kroch. Wenn sie es schaffte, sich unbemerkt aus dem Zimmer zu schleichen und zu Juliette zu laufen, dann könnte sie zurück sein, bevor er erwachte.

Einen Moment focht Carole noch einen inneren Kampf aus, dann schlich sie auf Zehenspitzen zur Tür, zog sie fast geräuschlos auf und schlüpfte auf den Gang hinaus.

Die Patientinnen schliefen noch alle in ihren Zimmern. Nur aus der großen Küche im Erdgeschoss klang das Klappern von Töpfen, und im Speisesaal unterhielten sich die Serviererinnen miteinander.

Es gelang Carole tatsächlich, ungesehen aus dem Schloss zu entwischen. Als sie den Vorplatz erreicht hatte, rannte sie los und fiel erst in eine langsamere Gangart, nachdem sie den Park weit hinter sich gelassen hatte.

Sie atmete auf, als sie die schneeweiße Fassade der Villa durch die Bäume leuchten sah. Die letzten Meter legte sie im Dauerlauf zurück, rannte immer zwei Stufen überspringend die Treppe hinauf und hämmerte mit beiden Fäusten gegen die breite Eingangstür.

Schritte wurden laut, die sich rasch näherten, dann wurde ein Schlüssel im Schloss umgedreht und im nächsten Moment sah Carole sich Lavinia gegenüber, die sie erstaunt musterte.

„Komm rein."

Die Dienerin trat zur Seite, damit Carole an ihr vorbei in die Halle treten konnte. Offenbar hatte Juliette sie über die Vorfälle der gestrigen Nacht informiert, denn Lavinia stellte keine Fragen. Oder sie war so diskret, dass sie ihre Neugierde zügelte.

„Ist Juliette schon wach?", fragte Carole schüchtern.

Lavinia schüttelte den Kopf. „Nein, die Herrin schläft noch", antwortete sie reserviert, wie es ihre Art war. „Aber ich führe dich zu ihr."

Mit klopfendem Herzen folgte Carole der Dienerin die Treppe hinauf in den ersten Stock, wo sich die Schlafzimmer befanden.

Juliette lag nackt auf dem breiten Bett. Die Decke hatte sie zusammengerollt und zwischen ihre Beine geschoben, ein Zipfel lag unter ihrer linken Wange, ihre langen Wimpern bildeten dunkle Schattenbögen unter ihren Augen.

Leise trat Carole ans Bett, aber noch bevor sie sich über die Geliebte beugen konnte, um sie zärtlich wach zu küssen, hoben sich deren Lider und sie sah Carole an.

„Liebste." Ein seliges Lächeln erschien auf Juliettes Zügen. „Ach, das ist aber schön." Sie hob die Arme und zog Carole zu sich auf die Matratze nieder. „So macht Aufwachen Spaß."

Spielerisch ließ sie ihre Zungenspitze über Caroles Mundwinkel streichen. Mit beiden Händen umfasste sie deren Leib und zog sie über sich. Ihre Zunge teilte Caroles Lippen, glitt in die warme, feuchte Höhle. Das Spiel, das sie nun miteinander spielten, erregte sie beide so, dass Juliette am liebsten sofort Besitz von Carole ergriffen und sie und sich zum Orgasmus geführt hätte. Aber Carole wich ihr aus, rollte sich fort und sprang kichernd aus dem Bett.

Gespannt sah Juliette zu, wie sich Caro entkleidete. Gleich darauf schlüpfte Carole zurück unter die Decke und schmiegte sich an Juliettes schlafwarmen Körper. Ihre Haut war weich und warm, ihre Brüste, voll und fest, schienen Caroles Berührungen direkt entgegenzuschwellen.

Behutsam umfasste sie die prallen Rundungen und begann mit den Daumen die zarten Knospen zu streicheln, bis sie sich verhärteten und steil aufrichteten. Als ihre Zungenspitze abwechselnd die rosigen Höfe umkreiste und Carole zwischendurch neckend in die erigierten Nippel biss, stöhnte Juliette laut auf vor Lust.

Ihre Hände tasteten nach dem Bund des Tangaslips, begannen Caroles Muschi zu streicheln, was ihr so behagte, dass sie sich nicht länger zurückhalten konnte. Sie verströmte sich unter Juliettes geschickten Händen und kehrte schweißgebadet und atemlos in die Wirklichkeit zurück.

Doch Juliette ließ ihr keine Zeit, sich auszuruhen. Mit einer fließenden Bewegung glitt sie über Carole und begann, sich wollüstig bewegend, das Feuer erneut in ihr zu entfachen, bis es wild und heiß in ihnen beiden loderte.

Juliettes Zunge erforschte jeden Zentimeter der duftenden Haut ihrer Geliebten. Kein Geheimnis ihres wundervollen Körpers blieb ihr verborgen. Jede ihrer Reaktionen war eine Einladung zu weiteren, noch intimeren Berührungen.

Längst war alles um sie herum versunken. Juliette tastete sich nun zur empfindlichen Spalte zwischen Caroles Schenkeln hinunter, die sie sehnsüchtig erwartete. Als Juliette mit ihrer Zunge darüber leckte, hob Carole einladend das Becken und spreizte die Beine, um ihr zu bedeuten, dass sie nach noch innigeren Berührungen verlangte.

Mit Zungenspitze stippte Juliette in die Öffnung zwischen Caroles intimen Lippen und schmeckte erfreut den süßen Saft, der ihr daraus entgegentropfte. Juliette schlürfte ihn, kitzelte die harte Klitoris, die sich steil aufrichtete, und erkundete mit dem Zeigefinger das Innere der heißen Weiblichkeit, das sich heiß und eng anfühlte.

Diese Zärtlichkeiten trieben Carole erneut auf den Gipfel ihrer Empfindungen, wo sie verweilte, zitternd und halb ohnmächtig vor Seligkeit, um dann beinahe widerwillig auf die Erde zurückzukehren, wo sie sich von Juliettes Armen gehalten, in einem völlig zerwühlten Bett wiederfand.

Vorsichtig wollte sie sich zurückziehen, aber Juliette hielt sie fest. Bevor sie protestieren konnte, begann Juliette, ihre Finger erneut in der feuchten Muschi zu bewegen und das, was Carole nicht für möglich gehalten hatte, geschah: Das Verlangen erwachte ein drittes Mal in ihr.

Diesmal wollte sie jedoch, dass auch die Freundin ihr Vergnügen bekam. Sie löste sich aus der Umarmung, beugte sich über den schlanken Körper und begann, ihn vom Kinn bis hinunter zu den Zehenspitzen mit Küssen zu übersäen.

Dann zwang sie die Freundin mit sanftem Nachdruck, sich auf den Bauch zu drehen, damit sie auch deren Rückseite mit Lippen und Zunge liebkosen konnte.

Auf dem Rückweg verweilte Caroles Mund auf den warmen Halbkugeln. Zunächst streichelte und küsste sie die prallen Backen nur, dann schob sie Juliettes schlanke Schenkel auseinander und ertastete mit der Zunge die heiße Spalte, aus der ihr duftender Nektar entgegensickerte.

Carole schleckte ihn auf, wie ein Kätzchen süße Sahne schleckte. Dann bedeutete sie der Liebsten, sich hinzuknien, sodass ihr Po in die Luft ragte, und fuhr dann mit der Zunge durch die nasse Spalte. Sie begann bei der Klit, teilte die Lippen, um mit der Zunge durch die tiefe Furche zu fahren, dann den Damm zu liebkosen, bis zu der Rosette, die erstaunlich sensibel auf die Liebkosungen reagierte.

Juliette begann augenblicklich zu stöhnen. Mit der freien Hand begann sie, ihre Brüste zu kneten, abwechselnd die harten Nippel zu zwirbeln und an ihnen zu zupfen, während Carole mal ihre hintere Öffnung, mal die geschwollene Muschi neckte.

„Moment!“, flehte Juliette plötzlich. „Warte nur einen Augenblick, bitte.“

Carole setzte sich auf ihre Unterschenkel und sah zu, wie Juliette den Arm ausstreckte, die Nachttischschublade aufzog und ihr einen Gegenstand entnahm.

Als sie den quietschbunten Vibrator sah, musste Carole unwillkürlich lächeln. Das Ding war riesig. Es wäre genau das richtige Gerät gewesen, mit dem sie Gerard hätte ärgern können. Aber Carole mochte eigentlich gar nicht an ihren Ehemann denken, das verdarb ihr nur die Freude an diesem morgendlichen Spiel. Rasch schob sie die Erinnerungen an Gerard beiseite und griff nach dem Riesenlümmel, den Juliette ihr reichte. Carole führte ihn an die tropfnasse Möse ihrer Liebsten und strich damit zwischen den Lippen auf und ab. Zugleich liebkoste sie die harte Klit, bis Juliette sich vor Lust unruhig zu bewegen begann. Ihr Lustsaft quoll in dicken

Tropfen aus der kleinen Öffnung und nässte den Lümmel, bis er von der Feuchtigkeit glänzte.

Nun schaltete Carole ihn ein und hielt ihn an die erigierte Klitoris, worauf Juliette vor Lust kleine spitze Schreie ausstieß. Als Carole den Kunstschwanz an ihre Öffnung hielt, spießte sich die Freundin mit einer einzigen, wilden Bewegung selbst auf, rutschte an dem vibrierenden Schwengel bis zu dessen Ende und richtete sich auf.

Carole, die hinter ihr kniete, brauchte nun nicht mehr zu tun, als den Kunstlümmel zu halten, während Juliette darauf einen wahren Hexenritt hinlegte. Gleichzeitig spielte sie an ihren Brüsten, rieb und knetete sie und zog den Nippeln.

Ihr Stöhnen wurde immer lauter. Dann, auf dem Höhepunkt ihrer Lust angekommen, verharrte Juliette einen Moment. Ihr Kopf flog zurück, ihre Hände verweilten auf den üppigen Brüsten, dann stieß sie einen wilden Schrei aus, während ein Zucken durch ihren Körper raste, das sie so erschütterte, dass sie sich nicht mehr halten konnte und einfach zur Seite auf die Matratze kippte.

Carole beobachtete sie aufmerksam. Offensichtlich hatte die Liebste noch ihren Spaß an dem Plastiklümmel, denn ihre Nippel waren immer noch hart und ihre Zungenspitze leckte unruhig über die leicht geöffneten Lippen.

Im nächsten Moment durchlief ein neuerliches Zucken ihren prachtvollen Leib, dann noch einmal und noch einmal, wie die Nachbeben, die einem Haupterdbeben häufig folgen, und schließlich sackte sie völlig erschöpft und befriedigt zusammen.

Carole legte den Vibrator weg und nahm ihre Liebste in die Arme. So verharrten sie eine geraume Zeit, bis Juliette sich erholt hatte.

„Ein Tag, der so anfängt, kann nur superschön werden", lächelte sie in Caroles Gesicht, das über ihrem schwebte. So entging Juliette nicht der dunkle Schleier, der sich über die vertrauten Züge legte. Sie richtete sich auf. „Was ist los?", fragte sie alarmiert.

Carole sah traurig auf die zerwühlten Laken. „Ich muss nach Hause."

„Oh, nein!" Juliettes Entsetzen war echt. „Nein, bitte, tu mir das nicht an."

Langsam füllten sich Caroles Augen mit Tränen. „Ich muss. Gerard will meinen Aufenthalt hier nicht mehr bezahlen."

„Dann soll er's lassen!" Juliette sprang mit einem Satz aus dem Bett. „Du brauchst ihn nicht. Du kannst hier bei uns leben."

„Aber ich kann doch nicht einfach alles hinschmeißen", begehrte Carole auf. „Meine Eltern, mein Leben …"

„Ich kann dein Leben sein", unterbrach Juliette sie ungeduldig. „Und deine Eltern werden sich schon mit den Gegebenheiten abfinden. Komm, schmeiß das alles hinter dich und bleib hier. Wir werden ein tolles Leben haben, das verspreche ich dir."

Carole schwankte innerlich. Die Vorstellung, alles aufzugeben, war beängstigend, da sie ihren Mann ebenfalls liebte. Außerdem hing sie an ihren Eltern, die für ihre Entscheidung, mit einer Frau leben zu wollen, mit Sicherheit kein Verständnis haben würden. Und dann war da das hübsche Häuschen, das Gerard und sie sich zusammengespart hatten und in dem sie ihre gemeinsamen Kinder hatten großziehen wollen.

Sollte sie das alles aufgeben, um ihr weiteres Leben mit zwei Frauen zu verbringen? Wie, um Himmels willen, sollte sie sich entscheiden?

*

Nicolette fuhr mit einem Ruck aus dem Schlaf. Verwirrt sah sie sich in dem abgedunkelten Raum um, dann wanderten ihre Blicke zu dem schlafenden Mann an ihrer Seite. Was hatte sie geweckt?

Ihr Blick fiel auf die Uhr neben dem Bett. Halb acht. Komisch, in den vergangenen Tagen hatte sie immer tief und fest bis in die Mittagsstunden geschlafen. Jules war ein anspruchsvoller Liebhaber, der sie ganz und gar forderte. Nach ihren gemeinsamen Spielen war sie jedes Mal so erschöpft, dass sie Stunden brauchte, um wieder zu Kräften zu kommen.

Leise, um Jules nicht zu wecken, schlüpfte sie aus dem Bett und schlich ans Fenster. Behutsam schob sie den Vorhang zur Seite, helles Morgenlicht flutete durch den Spalt ins Zimmer und malte einen breiten Streifen auf den Teppichboden.

Nicolette sah auf den Vorplatz hinunter, der im hellen Sonnenlicht döste. Der geile Gärtner – sie hatte völlig vergessen, nach seinem Namen zu fragen – ging in erdverklumpten Gummistiefeln quer über den Kies zum Wirtschaftshaus hinüber, in dem die diversen Gerätschaften untergebracht waren, die für die Erhaltung eines so großen Anwesens nötig waren. Früher waren dort die Pferde und Kutschen untergebracht.

Nicolette wollte sich wieder umdrehen und zum Bett zurückkehren, als sie aus dem Augenwinkel eine Bewegung wahrnahm. Rasch presste sie die Nase an das kalte Glas und sah zu, wie Carole eiligen Schrittes die Treppe hinunterlief und dem breiten Weg zum großen Tor folgte. Wohin wollte sie nur? Es konnte nur ein Ziel geben …

Nicolette fuhr herum und eilte zum Bett. „Du musst aufstehen“, flüsterte sie Jules ins Ohr. „Bitte, Jules, wach auf.“

Seine Lider flatterten, dann schlug er die Augen auf und lächelte Nicolette an. „Süße.“ Seine Hände umfassten ihr Gesicht und zogen es zu sich.

Sie ließ es zu, dass er sie küsste, doch dann löste sie sich aus seinen Armen.

„Caro ist gerade aus der Klinik entwischt“, erzählte sie ihm. „Ich glaube, sie will zu deiner Schwester. Wir müssen sie zurückholen, bevor Gerard Wind davon kriegt und wieder den Aufstand probt.“

„Glaubst du, dass er das tun wird?“ Jules war skeptisch.

Nicolette nickte zur Bekräftigung. „Ich kenne ihn. Er verteidigt, was ihm gehört, da ist er ganz altmodisch. Und Carole ist sein geheirateter Besitz, so sieht er das. Wenn er hier keine Szene macht, dann später, wenn er mit Carole alleine ist."

„Okay, dann sollten wir erst mal nachsehen, ob er überhaupt noch da ist", meinte Jules, während er die Bettdecke zurückschlug.

Eine prächtige Morgenlatte schnellte Nicolette entgegen, um die sie sich gerne gekümmert hätte. Aber momentan war leider keine Zeit dazu. Bedauernd sah sie, wie Jules aufstand und mit seinem mächtigen Ständer zur Verbindungstür ging. Er öffnete sie leise, steckte den Kopf ins Zimmer und nickte Nicolette dann zu.

„Alles klar, der Typ schläft noch." Leise zog er die Tür wieder zu. „Wir sollten uns trotzdem beeilen."

Sie verzichteten auf die Dusche, Zähneputzen und eine hastige Katzenwäsche mussten ausreichen. Nur zehn Minuten später stiegen sie in Jules' Wagen, der auf dem Parkplatz hinter der Buchsbaumhecke stand, und fuhren los.

In ihrer Aufregung bemerkten sie nicht die graue Limousine, die ihnen folgte. Sie fuhr langsam, hielt sich weit zurück, damit die Verfolgten nicht auf sie aufmerksam wurden.

Gerard, der hinter dem Steuer saß, kochte vor Zorn. Er würde diesem Scharlatan von Arzt keinen einzigen Cent zahlen. Nein, noch besser, er würde sein Geld zurückfordern!

Die Therapie war vollkommen fehlgeschlagen. Statt einer lustfreudigen Ehefrau bekam er eine Lesbe zurück, die jetzt noch weniger Spaß am Sex mit ihm hatte als zuvor. Eigentlich hätte er dafür von diesem Arzt noch Schadenersatz fordern müssen.

Das Auto vor ihm bog nach links in eine breite Einfahrt. Gerard stoppte, lenkte seinen Wagen an den Straßenrand und legte den Rest des Weges zu Fuß zurück. Als er um die breite Säule lugte, die den riesigen Torflügel hielt, sah er gerade noch, wie Nicolette und Jules in einer schneeweißen Villa verschwanden. Hier wohnte diese verdammte Lesbe also!

Sieh an, sieh an, was sich diese Mannweiber heutzutage so alles leisten konnten. Kein Wunder, dass Carole darauf abfuhr. So eine Villa konnte er ihr natürlich nicht bieten.

Wütend stapfte Gerard auf die breite Treppe zu. Gleich darauf drückte er energisch auf die Türklingel. Es dauerte nicht lange, dann wurde der rechte Flügel aufgezogen und eine junge Frau in einem hautengen Hosenanzug trat ihm entgegen.

„Sie wünschen?" Ihre Miene war ausdruckslos.

Gerard war nicht in Stimmung Konversation zu machen. Mit einer herrischen Bewegung stieß er die Frau zur Seite und stürmte in die Halle. Schon wollte er auf die Treppe zurennen, da erhielt er einen Schlag in den Rücken, der ihn glatt von den Füßen holte. Das Letzte, was Gerard sah, war ein goldener Engel, der von der Decke auf ihn herabgrinste.

*

„Dieser Scheißkerl!" Juliette sprang aus dem Bett und griff nach ihrem Morgenmantel, der am Fußende hing. „Sag ihm einfach, dass Carole hier bei uns bleibt. Er soll sich eine Wichspuppe kaufen, die reicht für seine sexuellen Ansprüche ganz und gar."

Nicolette sah zu Carole, die nackt auf der Bettkante hockte. „Willst du das?"

„Ich weiß nicht." Carole begann zu weinen. „Ich weiß es wirklich nicht, Nicolette."

Nicolette ging zu ihr, setzte sich neben sie und nahm sie in die Arme. „Ja, das verstehe ich", sagte sie tröstend. „Das passiert manchmal. Aber ich fürchte, dass Gerard das nicht begreifen wird. Er wird eine Entscheidung verlangen."

Carole nickte, dann weinte sie erneut. „Ich will Juliette nicht verlieren", wimmerte sie. „Aber ich kann doch nicht alles aufgeben und mich total ausklinken." Sie blickte auf. „Ist Gerard etwa schon wach und hat gemerkt, dass ich fort bin?"

„Nein, nein“, beruhigte Jules sie schnell. „Er schläft noch. Jedenfalls tat er das, als wir gegangen sind. Aber er kann jeden Moment aufwachen und dich vermissen.“

„Dann sollte ich besser gehen.“ Carole sprang auf. „Es tut mir leid, Juliette“, haspelte sie nervös. „Ich möchte wirklich gerne bei dir bleiben. Aber erst muss ich die Sache mit Gerard regeln. Ich kann ihn nicht so einfach sitzen lassen.“

„Okay.“ Um Juliettes Mundwinkel lag ein bitterer Zug. „Ich weiß, wann ich verloren habe.“

Carole machte eine Bewegung als wollte sie zu ihr stürzen und sie umarmen, aber dann überlegte sie es sich anders, raffte ihre Kleider zusammen und begann hastig, sich anzukleiden. „Du hast nicht verloren“, plapperte sie dabei. „Ich komme zurück, bestimmt. Aber ich muss die Sache mit Gerard anständig zu Ende bringen. Das geht nicht anders.“

Juliette antwortete nicht. Schweigend sah sie zu, wie Carole in ihre Schuhe schlüpfte und zur Tür ging. Erst da stand Juliette auf und folgte dem Trio in den Flur, wo sie sich voneinander verabschiedeten.

„Ich bringe euch noch zur Tür“, murmelte Juliette und vermied es dabei, Carole anzusehen.

Schweigend liefen sie den langen Gang entlang zur Treppe, doch plötzlich blieben sie alle vier wie angewurzelt stehen.

Ein Schrei, laut, gepeinigt, gellte durchs Haus.

Verwundert sahen sie sich an, dann lauschten sie angestrengt in die Tiefen der riesigen Villa. Aber es blieb alles still. Doch als Jules Carole durch eine leichte Berührung ihres Armes andeuten wollte, dass sie sich beeilen sollten, ertönte ein neuer Schrei und dann ein Stöhnen, das klang, als hätte jemand Schmerzen.

Juliette voran, eilten sie den Flur entlang in den rechten Flügel und standen gleich darauf vor einer weiß lackierten Tür, hinter der gerade erneut ein lang gezogenes Stöhnen erklang.

Jules zögerte nicht länger. Energisch griff er nach der Klinke, drückte sie herunter und blieb dann im Rahmen stehen. Das geschah so unerwartet, dass Juliette, Carole und Nicolette, die ihm folgen wollten, gegen seinen Rücken prallten, was zur Folge hatte, dass Jules durch den Anprall unsanft ins Zimmer geschubst wurde. Er schaffte es gerade noch, sich an dem Lehnsessel festzuhalten, der neben der Tür stand, sonst wäre er Lavinia direkt vor die Füße gefallen. Er rappelte sich auf, dann starrte er ungläubig auf das, was sich in diesem Zimmer abspielte. Juliette, Nicolette und Carole waren genauso perplex. Alle drei starrten zu Lavinia hinüber, die sich zu ihnen umgedreht hatte. Ein seltsames Lächeln schwebte auf ihren Lippen, in ihren Augen glitzerte es lüstern.

„Hallo." Sie ließ die Hand sinken, die die Peitsche hielt. „Wollt ihr ein bisschen zusehen?"

Alles starrte auf die Szene. Bin ich in einen Film geraten, fragte Nicolette sich, während sie zu Gerard hinaufsah, der auf dem schmalen hölzernen Fußbrett des Bettes balancierte. Er war nackt, wie er auf die Welt gekommen war, seine hochgereckten Arme waren an den Handgelenken zusammengebunden und an einen riesigen Haken in der Decke gefesselt. Falls er von dem Fußbrett abrutschte, würde er wie eine Trockenwurst am Haken baumeln.

Dann wanderte Nicolettes Blick zu Lavinia, die, immer noch spöttisch lächelnd, zurückschaute. Ihr schwarzer Anzug lag über dem Lehnstuhl, an dem sich Jules immer noch festkrallte.

Statt des Anzugs trug sie jetzt einen schwarzen Latexbody, der ihren schlanken Körper wie eine zweite Haut umspannte und die üppigen Brüste so weit nach oben drückte, dass sie ihr fast unter dem Kinn saßen. Ihre langen Beine steckten in schwarzen High-Heels-Stiefeln, die bis über ihre Knie reichten.

In der Hand hielt sie die Peitsche, mit der sie Gerards weißen Arsch und seine Oberschenkel bearbeitet hatte, wie die roten Striemen auf seiner Haut bewiesen.

Mit einem Ruck fuhr Nicolette zu Carole herum. Sie wollte nach dem Arm der Freundin greifen, sie von der Tür wegziehen, um ihr den weiteren Anblick zu ersparen, aber ehe Nicolettes Finger sie berühren konnten, schoss Carole an Juliette und Jules vorbei und blieb neben Lavinia stehen.

Sie war so wütend, dass sie am ganzen Körper zitterte. Ihre geballten Fäuste schienen jeden Moment zuschlagen zu wollen. Aber Carole tat nichts dergleichen. Sie stand nur da und sah ihren Mann an, der auf sie herabgrinste.

Röte färbte ihre Wangen, als ihr Blick auf seinen Schwanz fiel. Der Anblick des wahnsinnigen Ständers, der dick und bretthart zwischen seinen Beinen aufragte, war zu viel für sie. Mit nur zwei Schritten stand sie vor dem Bett und funkelte zu Gerard hinauf.

„Und mir wirfst du vor pervers zu sein!“, schrie sie ihn an und sein Schwanz sackte augenblicklich zusammen. Schlaff und jämmerlich wie immer, lag er auf seinem Hodensack. „Die Blümchennormalotour, das war alles, was du mit mir machen wolltest. Und jetzt das!“

Lavinia lächelte hintergründig. „Soll ich euch allein lassen?“, erkundigte sie sich in anzüglichem Ton, worauf Carole zu ihr herumschnellte.

„Nein, du bleibst hier!“, befahl sie wütend. „Wenn dieser Versager schon mal einen richtigen Ständer hat, dann will ich das ausnutzen.“

Sie riss Lavinia die Peitsche aus der Hand und zog den Riemen quer über Gerards nackten Hintern, worauf sich sein Schwanz umgehend wieder aufrichtete. Gerard stöhnte, während er gleichzeitig versuchte, die Balance zu halten. Das hölzerne Fußteil des Bettes grub sich wahrscheinlich schmerzhaft in seine Fußsohlen, was seine Lust aber nur noch steigerte.

Seltsamerweise erregte Carole dieser Gedanke. Lüstern betrachtete sie den gewaltigen Prügel, der um Aufmerksamkeit heischend aus dem Gewirr kleiner Löckchen gewachsen war, dann sah sie zu Lavinia.

„He, das macht Spaß!“ Carole grinste halb geil, halb rachsüchtig. „Wenn ich ihm zu Hause so ein Spiel vorgeschlagen hätte, dann hätte ich mir wieder einen seiner langweiligen Endlosmonologe über perverses und normales Sexleben anhören können. Aber jetzt kriegt er sein Fett weg, Lavinia, das schwöre ich dir." Sie sah zu Gerard, der die beiden Frauen besorgt beobachtete. „Wenn ich mit dir fertig bin, wirst du darum betteln, mir jeden Wunsch erfüllen zu dürfen."

Gerard erschrak sichtlich, aber seinem Schwanz schienen die Aussichten auf harte Bestrafung zu gefallen. Er reckte sich und schwankte dabei leicht auf und ab. Dann stand er wie eine schussbereite Lanze von Gerards Bauch ab, die Spitze zielte genau auf das Kopfteil des Bettes.

Mit den Worten „Bitte schön, bedien dich", gab Carole Lavinia die Peitsche zurück, worauf diese ans Bett trat und die Riemen mehrmals kurz hintereinander auf Gerards Hinterbacken klatschen ließ.

Sein Aufschrei törnte Carole derart an, dass ihr Döschen heftig zu prickeln begann. Gerard schwitzte und stöhnte indessen vor Lustschmerz. Carole trat vor ihn, packte seinen Schwanz und zog die Vorhaut so straff zurück, dass seine Eichel rot und glänzend vor ihren Augen aufragte. Mit dem Daumen begann sie, das samtige Ding zu streicheln, was Gerard mit einem wohligen Laut quittierte.

Lavinia holte zum nächsten Schlag aus. Als die Riemen Gerards Arschbacken trafen, beugte Carole sich vor, schloss die Lippen um die Eichel und stieß die Zungenspitze zwischen die winzigen Lippen in der Mitte. Sie teilten sich, sodass Carole die feuchte Spitze ein Stück in die Öffnung schieben konnte.

Sie leckte das zarte Innere, dann zog sie die Zunge zurück und streichelte damit die heiße Eichel, während Lavinia weiter Gerards Hinterteil bearbeitete.

Eine Weile schaffte er es, sich auf dem Fußteil zu halten, als Carole aber nun auch noch die Wurzel seines Schwanzes zu drücken und zu massieren begann, wobei sie gleichzeitig mit der Zunge seine Eichel liebkoste, konnte er sich nicht länger halten. Er rutschte ab und strampelte hilflos mit den Beinen in der Luft herum.

Weder Carole noch Lavinia kamen ihm zu Hilfe. Er musste sich selbst wieder auf das Fußteil hangeln, während ihn die

Frauen weiter bearbeiteten, bis Carole den Saft seiner Vorfreude auf ihrer Zunge schmeckte.

Um Gerards Pein zu steigern und ihn gleichzeitig zu bestrafen, ließ sie von ihm ab und trat zurück. Als hätten sie dieses Spiel bereits gemeinsam gespielt, ließ auch Lavinia die Peitsche sinken.

Gerard knurrte vor Enttäuschung. Sein Schwanz zuckte und wippte ungeduldig. Carole fürchtete schon, er könnte sich ohne ihr Zutun entladen, aber dann beruhigte sich der Lümmel.

Lächelnd kam Lavinia zu ihr.

„Wir sollten …“, hob Carole an, aber da hatte der schöne Hermaphrodit bereits die Arme um sie gelegt und küsste sie.

Fassungslos und mit wachsender Geilheit sah Gerard zu, wie die beiden begannen, sich gegenseitig zu streicheln und zu reizen. Am liebsten hätte er mitgemacht, aber leider hatte Lavinia ihn ja an den Haken in der Decke gefesselt.

So konnte er nur mit gierigen Blicken das Liebesspiel beobachten, während sein Schwanz und seine Eier vor Lüsternheit anschwollen, bis er glaubte, sie müssten jeden Moment platzen.

Carole hob eine der prallen Brüste aus dem Mieder und umkreiste die harte Warze mit der Zungenspitze. Lavinia dankte ihr mit einem Schnurren. Bereitwillig ließ sie sich von Carole zur Kommode drängen, setzte sich darauf und spreizte die Beine so weit, dass Carole den Schritt des Mieders öffnen und den erigierten Penis herausholen konnte.

Beim Anblick des Schwanzes quollen Gerard fast die Augen aus dem Kopf. Er hatte so etwas noch nie gesehen, konnte daher zunächst gar nicht fassen, dass es Realität war. Seine Blicke wanderten zwischen Lavinias üppigen Brüsten und ihrem Schwanz hin und her, aber als er sah, wie Carole begann, das prachtvolle Stück zu wichsen und abzulecken, wurde er so geil, dass er es sich am liebsten selbst gemacht hätte.

Doch seine Stellung verdammte ihn dazu, nur zuschauen zu können und die beiden Spielenden um ihre Orgasmen zu beneiden, die sie bestimmt bald erleben würden.

Lavinia lehnte sich weit zurück und knetete ihre Brüste, während Carole ihren Penis lutschte. Sie nahm ihn ganz in ihrer Mundhöhle auf, saugte daran und ließ ihn dann wieder ein Stück herausgleiten, um genüsslich an der samtigen Eichel zu knabbern.

Lavinia stöhnte vor Wonne. Sie hob eine ihrer prallen Brüste, neigte den Kopf und begann, sich selbst den harten Nippel zu lecken und daran zu knabbern. Als Gerard das sah, begann er noch unruhiger zu werden.

„He, was ist mit mir?“, rief er zu den beiden hinüber, aber sie beachteten ihn nicht.

Stattdessen schob Carole sich erneut den Schwanz in den Mund und saugte daran, bis Lavinia ein lang gezogenes Stöhnen ausstieß und ihr Unterleib heftig zu zucken begann.

Carole trank ihren Samen, ohne auf Gerards Gezeter zu hören, der endlich kommen wollte. Erst, als sie den letzten Tropfen genossen hatte, ließ sie den Penis aus ihrer Mundhöhle gleiten und richtete sich auf.

„Jetzt du.“ Lavinia lächelte, während sie aufstand.

Bereitwillig kletterte Carole auf die Kommode, spreizte die Schenkel und lehnte sich mit dem Rücken an die Wand. Mit Daumen und Zeigefinger schob Lavinia nun Caroles intime Lippen auseinander und zeigte Gerard provozierend die kleine Öffnung, die sich erwartungsvoll öffnete und zusammenzog. Dann tauchte Lavinia zwischen die Schenkel und schob ihre Zungenspitze in den heißen Tunnel, der sie sofort aufnahm und sich fest darum schloss.

Carole begann zu stöhnen, als Lavinia sie mit der Zunge fickte und dabei ihren Kitzler mit dem Zeigefinger rieb. Der Reiz war derart stark, dass Carole nur wenige Sekunden brauchte, um zum Orgasmus zu kommen, der sie wie im Fieberkrampf zittern und beben ließ.

Es dauerte ein paar Minuten, ehe sie sich wieder so weit gefangen hatte, dass sie das Spiel erneut aufnehmen konnte.

Und erst jetzt stellte sie fest, dass Nicolette, Juliette und Jules diskret das Zimmer verlassen hatten.

Lächelnd sah sie zu, wie Lavinia einen Seidenschal aus der Schublade nahm. Damit trat sie zu Gerard, der vor unerfüllter Geilheit am ganzen Körper zitterte, und schob seine Beine auseinander. Dann zog sie seine Hoden etwas nach unten, schlang den Schal darum und band es soweit ab, dass sich die Preziosen darin nicht zurückziehen konnten.

Ohne Hast stellte sie sich hinter ihn, zog die beiden Arschbacken auseinander und kitzelte mit dem Zeigefinger den Anus, bis sie spürte, dass sich Gerards Muskulatur entspannte. Dann befeuchtete sie den Stiel der Peitsche mit ihrem Speichel, strich noch ein paar Mal über die Rosette und schob den Peitschengriff hinein.

Carole beschäftigte sich indessen mit Gerards hartem Pflock, der nach intensiven Berührungen gierte. Die kitzelnde Zunge, der Peitschengriff, den Lavinia in ihm bewegte – das alles war zu viel.

Es gelang Carole gerade noch, den Schwanz aus ihrem Mund gleiten zu lassen, dann spritzte der warme Schaum in hohem Bogen aus dem steinharten Speer, der dabei auf und ab wippte. Dazu schrie Gerard, als hätten ihn die Frauen an den Marterpfahl gebunden. Schließlich spuckte sein lüsterner Freund die letzten Tropfen aus und sackte dann erschöpft in sich zusammen, während Gerard sich seufzend von seiner Lust verabschiedete.

„Okay." Lavinia stellte sich breitbeinig vor ihn hin. „Jetzt hattest du deinen Spaß. Aber nun wirst du auch deiner Frau und mir Freude bereiten. Ich befehle dir, uns abwechselnd zu lecken."

„Aber ich …", hob Gerard zum Protest an. Er war befriedigt und wollte sich ausruhen, aber allein das Heben der Peitsche reichte aus, um ihn verstummen zu lassen.

Die Frauen banden ihn los. Ergeben kniete er sich auf das Bett, während sich die Freundinnen mit gespreizten Schenkeln vor ihm ausstreckten. Der Anblick der feuchten Muschi und des erneut erigierten Schwanzes reichte aus, um Gerards

Penis aus seiner ruhenden Position zu wecken. Gierig richtete er sich auf, während Gerard zwischen die Frauen kroch.

Das wird ein Fest für mich werden, dachte er verschwommen, den Blick starr auf die Geschlechtsteile gerichtet. Er hatte noch nie einen Schwanz gelutscht, es sich aber häufig beim Wichsen vorgestellt. Dass diese Fantasie jetzt Realität wurde, konnte er noch gar nicht richtig fassen. Zitternd vor geiler Erwartung neigte Gerard den Kopf über Lavinias Latte.

„Moment!" Sie stoppte ihn, indem sie blitzschnell den Peitschengriff unter sein Kinn schob. „Während du uns leckst, wirst du dich selbst wichsen. Aber du wirst nicht kommen, hast du mich verstanden?" Zur Warnung versetzte sie Gerard einen Backenstreich mit dem Peitschengriff. „Ich verbiete es dir, du mieser kleiner Mistkerl. Wage es ja nicht, gegen mein Verbot zu verstoßen."

„Ja, Herrin", beeilte Gerard sich zu versichern, wobei er devot vor Lavinia dienerte, dass seine Nase gegen die Matratze stieß.

„Dann fang an!"

Sofort schob er seinen Kopf zwischen Lavinias Schenkel und ließ seine Zunge über ihre Eichel streichen. Fasziniert sah Carole zu, wie seine Linke dabei seine eigene dicke Lanze rieb.

„Jetzt ist Carole dran!" Lavinia versetzte Gerard einen Schlag gegen den Kopf und er kroch sofort zu seiner Frau.

Carole verlangte erst einmal, dass er die Beine weit auseinander schob, um sich den Anblick seines pendelnden Skrotums zu gönnen. Bisher hatte er ihr ja immer die Freuden eines vollerigierten Gliedes verweigert. Es war das erste Mal, dass sie seinen Schwanz in voller Pracht sah, und das sogar gleich zweimal hintereinander! Sie konnte sich gar nicht sattsehen an dem prachtvollen Stück und dem herrlich prallen Beutel, der fröhlich hin und her schaukelte, während Gerard seinen Ständer polierte.

Langsam bildeten sich Schweißperlen auf seiner Stirn. Da Carole ihn so lange wie möglich leiden lassen wollte, schickte sie ihn zu Lavinia zurück, die denselben Wunsch zu hegen schien, denn sie befahl ihm, nur ihre Brüste zu lecken.

Schließlich hielten es aber weder Carole noch Lavinia länger aus. Wenn sie das Spiel noch eine Weile fortsetzen wollten, mussten sie es unterbrechen. Deshalb befahlen sie Gerard, mit den Zungenspielen aufzuhören.

„Bleib so knien und reib dich weiter“, befahl Carole ihm. „Langsamer, noch langsamer.“

Gerard gehorchte.

„Jetzt schneller.“

Er stöhnte auf.

„Die Beine weiter auseinander!“

Lavinia grinste verschmitzt. Sie streckte die Hand aus und begann die heftig schaukelnden Eier zu kraulen, während Carole ihrem willenlosen Spielzeug befahl, sich noch schneller zu wichsen.

„Oh, oh!“ Gerards Wangen färbten sich rosig. Er begann zu keuchen und sich die Lippen zu lecken.

„Aufhören!“ Lavinia schien genau zu wissen, wann sie ihn noch stoppen konnte.

Er knurrte vor Ungeduld, aber weder Carole noch Lavinia achteten darauf. Im Gegenteil, Lavinia hatte schon wieder eine Idee, wie sie Gerards Lustqualen noch ein bisschen steigern und verlängern konnte.

Sie befahl ihm, die Hände auf den Rücken zu legen, dann band sie seine Handgelenke zusammen, und nun musste er tatenlos zusehen, wie sich die Freundinnen gegenseitig streichelten und leckten. Dabei verspotteten und verhöhnten sie ihn zwischendurch, was ihn allerdings nur noch mehr anzutörnen schien, denn sein Schwanz reckte sich und wurde so hart, dass die Adern hervortraten.

Unter Lavinias kundiger Zunge kam Carole endlich zu einem so gewaltigen Orgasmus, dass sie sich wie im Fieberkrampf wand und am ganzen Körper bebte. Ihre Schreie waren bestimmt draußen auf dem Flur zu hören, was Carole jedoch in diesen wunderbaren Augenblicken nicht die Bohne interessierte. Für sie gab es nur Lavinias Zunge, die sie in die höchsten Sphären der Lust kitzelte und ihr immer neue Spasmen bescherte.

Völlig erschöpft kehrte sie schließlich in die Realität des Schlafzimmers zurück. Blinzelnd sah sie zu Gerard, der immer noch mit weit gespreizten Schenkeln am Fußende des Bettes kniete. Sein Schwanz ragte wie ein Pflock aus dem blonden Vlies auf.

Plötzlich erwachte Zorn in ihr. Dieser Scheißtyp hatte sie jahrelang mit halbgaren Erektionen abgespeist, ihr die Schuld an seinem Versagen gegeben und sie mit Vorwürfen und Moralpredigten erniedrigt. Und dann tauchte eine Sexgranate wie Lavinia auf, und schon ließ er all die Sachen mit sich machen, die er bei seiner eigenen Frau entrüstet abgelehnt hatte. Zornig sprang sie auf, ging zu ihm und versetzte ihm eine schallende Ohrfeige.

„Mistkerl!“, fauchte sie ihn an. Ihre Hände fuhren in sein Haar und rissen seinen Kopf zurück. „Du bist der letzte Dreck, weißt du das?“

„Ja“, stöhnte Gerard.

Aber es klang keineswegs gedemütigt, sondern wollüstig. Das schürte Caroles Zorn noch mehr. Ohne nachzudenken, grapschte sie nach der Peitsche und schlug so heftig auf seine Brust und den Rücken ein, dass sein Oberkörper mit dicken, leuchtend roten Striemen überzogen war.

Lavinia sah mit unverhohlener Begeisterung zu, während sie aufgeregt ihren Schwanz rieb. Als sie kam, spritzte auch Gerard ab. Noch ein letzter Peitschenhieb, dann warf Carole das Instrument fort und verließ das Schlafzimmer.

Im angrenzenden Bad ließ sie sich erst mal auf den Wannenrand sinken. Der Zorn auf Gerard war verraucht, zurückgeblieben war nur der Gedanke an die Freuden, die ihr diese ungewöhnlichen Spiele bereitet hatten. War sie etwa sadistisch veranlagt? Um Himmels willen! Das war doch pervers! Oder etwa nicht?

War es wirklich schlimm, solche Spielarten zu mögen, wenn sie sie und ihren Partner glücklich machten?

Ach, verdammt, wieso saß sie hier herum und machte sich Gedanken, anstatt sich darüber zu freuen, dass ihr Mann ihre sexuellen Vorlieben teilte?

Schluss mit Langeweile im Bett, ab jetzt würde es in ihrem Schlafzimmer rund gehen! Allein dieser Gedanke weckte das Kribbeln in ihrem Döschen, das Carole nun endlich bis zu allerhöchsten Wonnen auskosten konnte.

Als sie zurückkam, trug Lavinia wieder ihre schwarze Dienstkleidung. Gerard kniete immer noch mit gefesselten Händen auf dem Bett. Der Anblick steigerte das Kribbeln. Carole fühlte, wie ihre Klit anschwoll.

„Ich denke, eine Runde schwimmen würde uns jetzt gut tun", meinte Lavinia, während sie Gerards Fesseln löste. „Wir können mit den anderen noch eine Menge Spaß haben."

„Okay, dann komm, Gerard." Carole fing den Latexslip auf, den Lavinia ihr zuwarf.

Juliette, Nicolette und Jules waren in den Park gegangen, wo sich inzwischen ein Besucher eingefunden hatte. Neugierig betrachtete Carole ihn. Der Gast war schätzungsweise Mitte zwanzig und sah aus, als würde er mindestens fünfmal in der Woche ins Fitnessstudio gehen. Sein muskelbepackter Körper war perfekt gestylt und das, was zwischen seinen Beinen aufragte, widersprach dem gängigen Vorurteil, dass Muskelprotze winzige Lümmel hatten.

Aber vorerst wurde ihre Aufmerksamkeit von Juliette beansprucht, die sich inzwischen erhoben hatte und den Dreien entgegenkam.

„Hallo, da seid ihr ja." Sie deutete auf den Mann, der am Beckenrand saß und zu ihnen herübersah. „Das ist Patrick, ein Jugendfreund von Jules und mir. Er wohnt mit seiner Frau ganz in der Nähe. Hey, Patrick, darf ich dir Carole und ihren Mann Gerard vorstellen?"

Sie begrüßten sich, dann nahmen alle gemeinsam am Pool Platz.

Lavinia, nun wieder die diskrete Dienerin, schob einen Servierwagen heran, auf dem diverse Flaschen und Gläser standen. Sie schenkte ein und reichte die Drinks an die Gäste weiter. Eine Weile plauderten sie, dann standen Jules und Nicolette auf und liefen zum Pool. Lachend hüpfte Nicolette hinein und watete durch das warme Wasser. Jules folgte ihr langsam und nahm sie in die Arme.

„Ist es nicht herrlich?“, fragte Nicolette dicht an seinen Körper geschmiegte.

Jules nickte stumm, während er seine Hände langsam über ihre nackte Haut gleiten ließ. Langsam, wohl wissend, dass die anderen jede ihrer Bewegungen verfolgten, hob sie die Arme, bog sich leicht zurück und strich sich mit allen Fingern durch das nasse Haar. Dann drehte sie sich um und erlaubte, dass alle ihren nackten Körper ausgiebig betrachteten.

Patrick stieg nun ebenfalls ins Wasser. Er gesellte sich zu ihnen. Nicolette musterte ihn kurz, dann löste sie sich von Jules und schlang ihre Arme um Patricks Hals.

Als ihre Brüste seine nackte Haut berührten, konnte er nicht mehr widerstehen. Mit einem unterdrückten Aufstöhnen presste er Nicolette an sich, um sie ganz nahe, ganz intensiv zu spüren. Ihre Lippen waren kühl und schmeckten nach dem süßen Drink, den sie eben geschlürft hatte. Während Patrick davon kostete, streichelte er ihre Brüste und fühlte, wie sich ihre Nippel vor Erregung versteiften. Ihr Verlangen übertrug sich auf ihn, weckte eine Leidenschaft, die ihn wie eine Welle mitriss.

Nicolette besaß zärtliche, wissende Hände, die seine Haut in Flammen setzten, wo ihre Finger ihn berührten. Längst hatten sie ihre Umgebung vergessen. Es gab nur noch dieses brennende Verlangen, das Patrick zu immer gewagteren Zärtlichkeiten ermutigte.

Mit den Lippen erforschte er Nicolettes Körper, bis sie vor Lust stöhnte und seine Küsse voll wilder Leidenschaft erwiderte, dass ihm das Blut in den Ohren dröhnte. Patrick spürte, wie ihre Hand abwärts wanderte, seinen erigierten

Schwanz fand und dort verharrte, bis er glaubte, vor Ungeduld und Erregung verrückt zu werden. Erst dann begann Nicolette, seinen Penis zu streicheln und die Eichel zu liebkosen.

Schließlich sanken sie in das flache, warme Wasser und blieben aneinander geschmiegt liegen. Nach einer kurzen Erholungspause begann Patrick, Nicolettes Brüste mit seiner Zunge zu liebkosen. Behutsam nahm er ihre Nippel zwischen die Zähne und knabberte genüsslich daran, bis sie sich ihm auffordernd entgegenwölbte und ihm somit bedeutete, dass sie nach heftigeren Liebkosungen gierte.

Lustvoll sog er die rechte Warze ein und saugte daran, während er die andere zwischen Daumen und Zeigefinger zwirbelte und sanft daran zog.

Nicolette wand sich unter seinen zärtlichen Händen und seiner geschickten Zunge, die jetzt tief in ihre Muschi eindrang und die heißen Wände kitzelte.

Die Lust brannte in ihr. Sie schob sich ihm entgegen, damit er noch tiefer in sie eindringen und den Punkt erreichen konnte, an dem sie besonders empfindlich war. Als Patricks Zunge das Ziel fand und begann, es mit raschen Tupfern zu reizen, schrie sie auf.

Kurz bevor Nicolette kam, zog Patrick sich jedoch zurück. Sofort umschlangen ihre Beine seinen Körper, ihre Arme seinen Hals. „Komm“, flüsterte sie heiser. „Ich will dich spüren, ganz tief in mir.“

Da konnte er sich nicht mehr länger zurückhalten. Mit einem einzigen, wilden Stoß drang er in sie ein, weitete ihre heiße, feuchte Möse und schob sich so tief in sie, dass er sie ganz und gar ausfüllte.

Kleine Schreie ausstoßend fand sich Nicolette in seinen Rhythmus, wurde schneller und schneller in einem wilden Takt, der Patrick mitriss.

Angetörnt von ihrer Leidenschaft stieß Patrick hemmungslos zu. Er spürte, wie ihr Körper erbebte, die Muskeln ihrer Vagina zogen sich um seinen Penis zusammen und saugten geradezu den Orgasmus aus ihm heraus.

Als er kam, verfiel auch Patricks Körper in unkontrollierte Zuckungen. Nur im Unterbewusstsein spürte er, dass Nicolette kam, ihre Möse zuckte und saugte, während er seinen Samen tief in sie hineinspritzte. Blind und taub für die reale Welt, einzig von diesem atemraubenden Orgasmus beherrscht, ließ Patrick sich forttragen und genoss jede Sekunde dieses Gipfelsturmes, ehe er beinahe widerwillig auf die Erde zurückkehrte.

Nicolette genoss noch die letzten Wellen der Erregung, dann erschlaffte auch sie in Patricks Armen. Er hielt sie fest, fühlte ihren heißen Saft, der direkt auf seine Eichel spritzte. Dann lagen sie beide still, von dem herrlich warmen, seidigen Wasser umspielt.

Nicolettes matte Ruhe wurde von einem Geräusch gestört, das plötzlich in ihrer Nähe erklang. Gemeinsam setzten sie sich auf und sahen zu Jules, der sich mit Gerard gerade auf der Wiese hemmungslos vergnügte. Nicolettes Atem stockte, als ihre erotischen Fantasien von Jules, der es mit einem anderen Mann trieb, wahr wurden.

Jules stand mit gespreizten Beinen vor Gerard, der hingebungsvoll seinen Schwanz lutschte, während er mit der rechten Hand Jules' Eier kraulte. Neben Gerard auf dem Boden standen ein Glas und eine Flasche Sekt. Neugierig sahen Nicolette und Patrick zu, wie Gerard sein Spiel unterbrach, einen Schluck Sekt und sogleich Jules' steifen Schwanz in seinen Mund nahm.

„Oh!", entfuhr es Jules, als das prickelnde Nass sein lusthartes Glied umspülte. Er warf den Kopf zurück und genoss mit geschlossenen Augen das erregende Spiel, das Gerards Zunge und Finger zusammen mit dem kitzelnden Getränk an seinem Schwanz trieben.

Wer hätte gedacht, dass dieser Typ der geborene Schwanzlutscher ist?

Die hemmungslose Lust der beiden Männer, Jules' Geilheit, die ihn brummen und knurren ließ wie einen liebestollen Kater, erregte das Paar auf seinem nassen Lauscherposten so sehr, dass sie begannen, sich gegenseitig zu streicheln, während sie mit wachsender Lust zusahen, wie Jules von Gerard zum Orgasmus gelutscht wurde.

Immer wieder unterbrach Gerard sein Tun, um einen weiteren Schluck Sekt zu nehmen und Jules' Penis darin zu baden. Endlich schien Jules es nicht mehr auszuhalten. Er versetzte seinem Gespielen einen Stoß, sodass er rückwärts ins Gras fiel, und sogleich war er über ihm, rieb sich den Schwanz und spritzte Gerard sein Sperma in den weit geöffneten Mund.

Jules erholte sich rasch, spreizte Gerards Beine, um sich dann dazwischen zu knien und nun seinerseits Gerards Schwanz zu lutschen, bis Gerard vor Geilheit stöhnte und sich wand. Genussvoll leckte Jules über die Eichel, während er eine Hand um seinen eigenen erneut geschwollenen Schaft schloss und begann, ihn zu reiben.

Er ließ sich erst mal Zeit, strich in ruhigen Bewegungen auf und ab, aber als Gerard immer lauter stöhnte, wurden seine Wichsbewegungen unwillkürlich schneller. Sein Sack schaukelte hin und her, immer heftiger, je schneller Jules seine Hand auf und ab wandern ließ.

Rasch nahm auch Nicolette Patricks Glied in die Hand, während er seine Finger in ihre heiße Pussy schob und sie darin bewegte.

Jules stöhnte indessen vor Lust. Er war kurz davor, zu kommen, genauso wie Gerard, der seine Finger in Jules' Haaren verkrallt hatte. Neben sich hörte Nicolette ihren Spielpartner keuchen. Schon braute sich in ihrer Möse der Orgasmus zusammen, Patricks harter Schwanz, der sich zum Abspritzen reckte, war so dick, dass ihre Finger ihn nicht ganz umfassen konnten.

Jules warf den Kopf zurück. Mit weit geöffnetem Mund schien er den Himmel anzustarren, während sein Körper von einem ekstatischen Zucken ergriffen wurde. Gerard stöhnte, fuhr hoch, packte Jules' Kopf und zwang seinen Mund wieder über seinen Penis.

Immer noch zuckend gehorchte Jules Gerard, und nach nur wenigen Sekunden begann auch Gerard zu zittern, als würde sein Körper von einem Fieber zerfressen, während Jules gierig Gerards Saft trank.

Das Paar im Pool sank vom gemeinsamen Orgasmus überwältigt ins Wasser. Eine Weile hörte man im Park nichts als das Keuchen von vier erschöpften Menschen, dann richtete sich Jules auf und sah zum Pool hinüber.

Dort stiegen Nicolette und Patrick gerade aus dem Wasser. Lachend liefen sie zu Gerard und Jules und ließen sich neben ihnen ins Gras fallen.

Nun übernahmen Juliette und Lavinia die Aufgabe, ihr Publikum zu unterhalten. Die beiden gingen zum Pool, stiegen hinein und begannen, sich vom warmen Wasser umspielt, liebevoll zu küssen. Eine Weile gaben sie sich ganz ihrer süßen Zweisamkeit hin, dann sah Juliette zu Carole und winkte sie herbei.

Carole spazierte zum Pool und gesellte sich zu Juliette und Lavinia, die sie zärtlich umarmten. Abwechselnd küssten sie sich, streichelten ihre wunderbaren Körper, erforschten sich mit Händen und Lippen, bis sie so aufgeheizt waren, dass sie nur noch nach Erlösung gierten.

Lavinia führte ihre Freundinnen zu der breiten Treppe, die ins Wasser führte. Mit einer anmutigen Geste bedeutete sie Carole, niederzuknien, damit sie ihren Ständer in Caros erwartungsvolle Muschi schieben konnte.

Juliette nahm indessen auf einer der oberen Stufen des Einstiegs Platz und spreizte die Schenkel. Nun konnte Carole bequem die feuchte Spalte mit der Zunge verwöhnen und den süßen Nektar schlürfen, der ihr daraus entgegenquoll. Juliette schmeckte köstlich. Carole bekam gar nicht genug von dem süßen Saft.

Lavinia stieß indessen leidenschaftlich zu. Ihr Schwanz füllte Carole ganz aus und drang so steil in sie ein, dass er bei jedem Stoß über den G-Punkt rieb.

Juliettes Stöhnen wurde lauter. Sie winkelte die Beine an und spreizte sie weit, damit Carole nun ungehindert ihren Zeigefinger in deren Möse schieben konnte, um sie zum Orgasmus zu ficken.

Mit der Zunge leckte und streichelte Carole Juliettes erigierte Klitoris, was den Reiz noch erhöhte. Ihr Unterleib bewegte sich im Rhythmus der Finger, die in ihr steckten. Aber eigentlich war es Lavinia, die mit ihren Stößen den Takt vorgab.

Immer schneller, immer wilder bewegten sich ihre Körper, das Stöhnen wurde zu kleinen, spitzen Schreien, während die drei Frauenleiber zuckend und sich windend von wilden Orgasmen durchrast wurden.

*

„Komm, lass uns ein Stück gehen." Jules griff nach Nicolettes Hand und nackt spazierten sie über die Wiese zum Fluss hinunter. Das Wasser war herrlich warm. Gemeinsam schwammen sie ein Stück, dann kehrten sie ans Ufer zurück und ließen sich ins Gras fallen. Sie sahen zum Himmel hinauf, an dem eine einsame Wolke langsam dahinsegelte. Plötzlich drehte Jules sich auf die Seite und sah Nicolette nachdenklich an.

„Was hast du vor, wenn Carole und Gerard nach Hause fahren?"

Sie wandte ihm ihr Gesicht zu. „Glaubst du, dass sie das tun werden?"

Jules nickte. „Ja, ich denke schon." Er streckte die Hand aus und streichelte sanft Nicolettes linke Brust. Sofort verhärtete sich der Nippel. „Carole ist alles andere als frigide oder orgasmusgestört. Und Gerard hat endlich begriffen, dass er seine Sexualität nicht ewig unterdrücken kann. Sie brauchen keine Therapie mehr."

Nicolette musste erst einmal über seine Worte nachdenken. Schließlich setzte sie sich auf, zog die Beine an und umschlang die Knie mit ihren Armen.

„Carole liebt ihn", sagte sie. „Und wenn es jetzt bei den beiden auch im Bett klappt, könnte ich mir vorstellen, dass sie doch noch glücklich miteinander werden."

„Ich bin mir da ziemlich sicher", meinte Jules. Er setzte sich ebenfalls auf. „Aber was ist mit dir? Was hast du vor?"

„Was meinst du?"

„Nun." Jules Miene war plötzlich ganz ernst. „Wirst du mit den beiden zurückfahren oder könntest du dir vorstellen, hier mit mir, Juliette und Lavinia zu leben?"

Nicolette brauchte nicht lange zu überlegen. Sie war nicht der Typ, der die traute Zweisamkeit in der Beziehung suchte. Zwar wollte sie, dass ihr Partner ihr emotional treu war. Aber was ihre Sexualität anging, brauchte Nicolette ihre Freiheit. Sie war äußerst aktiv, zu aktiv für einen Mann alleine. Sie brauchte einen Partner, der ihr in diesem Punkt alle Freiheiten ließ und sich selbst ebenfalls die Freiheit nahm, so oft und mit wem er wollte zu schlafen.

Jules schien genau der Partner zu sein, auf den sie ihr Leben lang gewartet hatte. Auch er brauchte den Sex wie die Luft zum Atmen. Und er war bereit, alle Variationen der Liebe auszuprobieren. Anders als die Männer, mit denen Nicolette vorher zusammen gewesen war, kannte Jules keine Tabus, und das gefiel ihr an ihm. Sie war sicher, dass sie mit ihm zusammen die schönsten und aufregendsten Erlebnisse haben würde.

„Und?", hakte Jules nach als Nicolette nicht antwortete.

Sie wandte sich ihm zu. Nur um sicherzugehen, sagte sie ihm, wie sie sich ihre Beziehung vorstellte. „Ich bin einfach nicht der Typ Frau, der auf Haushalt und Kinder steht", erklärte sie zum Schluss. „Bei mir wirst du auf solche Sachen wie selbstgekochte Mahlzeiten, Häkeldeckchen auf den Sofas und knuddelige Babys verzichten müssen."

„Das ist genau das, was ich mir wünsche. Mir macht die Arbeit in der Klinik viel zu viel Spaß, ich werde nie monogam sein. Ich dachte schon, ich würde nie so viel Glück wie Patrick haben und eine Frau treffen, die in dieser Hinsicht so denkt wie ich", erwiderte Jules. „Und was den Rest betrifft: Zum Kochen gibt es Köchinnen und Köche, zum Putzen Staubwedelfeen und das mit den Babys, na ja, da können wir ja in ein paar Jahren noch mal drüber nachdenken."

Nicolette überlegte sich das Gesagte noch einen Augenblick, dann nickte sie und atmete tief durch.

„Gut, dann würde ich gern hierbleiben und mit deiner Schwester und ihrer Freundin in diesem Haus leben."

„Super!" Jules sprang auf, riss sie hoch und zog sie ganz fest an sich. „Du machst mich unglaublich glücklich."

Im nächsten Moment küsste er Nicolette, dass ihr buchstäblich die Luft wegblieb. Dann standen sie auf, nahmen sich bei den Händen und stiegen die Anhöhe hinauf zur Villa.

*

Als sie am Pool ankamen, hatten es sich die anderen unter einem schattigen Baum gemütlich gemacht und plauderten. Nicolette und Jules traten hinzu und bedienten sich von dem Champagner auf dem Servierwagen. Dann nahmen sie ebenfalls Platz.

Nach einer Weile wandte Gerard, der zärtlich den Rücken seiner Frau gestreichelt hatte, den Kopf und sah Carole an. „Lass uns nach Hause fahren, Süße." Seine Stimme klang bittend. „Wir beide brauchen jetzt etwas Zeit für uns."

„Aber ja", versicherte Carole sofort. „Ich fahre, du ruhst dich aus."

„Ich gehe auch", verkündete Patrick. „Heute Abend kommen meine Schwiegereltern zum Essen, da müssen mein Schatz und ich einen auf normaloglückliches Ehepaar machen", spottete er. „Ich ziehe mich nur an und dann bin ich weg."

Gemeinsam gingen sie ins Haus, aber schon eine halbe Stunde später fanden sie sich am Parktor ein, um Abschied zu nehmen.

Patrick machte es kurz. Er winkte allen zu, rief „Bis dann mal wieder", stieg in seinen Wagen und brauste los.

Gerard und Carole nahmen sich mehr Zeit. „Willst du mit uns fahren?", wandte Carole sich an Nicolette, die neben Jules stand.

Sie schüttelte den Kopf. „Ich bleibe hier bei ihm.“ Ein zärtlicher Blick streifte Jules. „Und bei Juliette und Lavinia.“

„Ehrlich?“ Caroles Augen füllten sich mit Tränen, aber sie wischte sie hastig weg. „Na ja, irgendwie habe ich das erwartet.“ Sie trat zu Nicolette und legte die Arme um deren Hals. „Aber wir bleiben Freundinnen, ja? Immer und ewig?“

„Immer und ewig“, bestätigte Nicolette lächelnd und küsste Carole mitten auf den Mund. „Du weißt, du bist meine allerbeste Freundin.“

„Wollt ihr gleich durchfahren?“, erkundigte Jules sich bei Gerard.

Der nickte und wirkte frischer und ausgeruhter als jemals zuvor. „Ja, wir wollen jetzt so schnell wie möglich nach Hause und unsere Beziehung ganz neu entdecken“, antwortete er.

„Verstehe ich“, sagte Jules. „Und natürlich kommt ihr uns so oft wie möglich besuchen. Ihr seid jederzeit herzlich willkommen.“

„Das Angebot werden wir gerne annehmen und bald bei euch vorbeischauen“, versprach Gerard, dann reichte er Nicolette die Hand. „Alles Gute und danke für alles.“ Während er sprach, zwinkerte er ihr verschwörerisch zu.

„Alles klar.“ Nicolette gab ihm einen Kuss auf die Wange, dann überließ sie Lavinia ihren Platz, die sich ebenfalls von Gerard und Carole verabschiedete.

Juliette war ein bisschen traurig. Sie hätte die neue Geliebte gern bei sich behalten, aber sie sah ein, dass Carole zu ihrem Mann gehörte. Das Versprechen der beiden, sie bald wieder zu besuchen, machte es Juliette ein kleines bisschen leichter, Carole gehen zu lassen. Eine Träne rann über ihre Wange, als sie zusah, wie das Paar in den Wagen stieg. Schon brummte der Motor, Carole löste die Handbremse, die Räder begannen zu rollen. Noch ein Winken, dann fuhr der Wagen los, folgte der schmalen Straße und war bald nur noch ein kleiner grauer Punkt, der sich schließlich hinter einer dicken Staubwolke verlor.

Hand in Hand gingen sie die Auffahrt zurück zur Villa. Auf halbem Weg blieb Lavinia stehen, machte kehrt und eilte zum Tor. Es quietschte laut in den Angeln, als sie die beiden schweren Flügel zuschob und verschloss.